研露樓琴譜

拙圃崔應階手訂

徵音

塞上鴻 即霜鴻引明妃作 凡十六段

按斯曲盖傷戍邊而作也彼黃雲秋塞萬里蕭條極目煙塵西風砭骨景物凄凉於斯極矣顧瞻鴻雁翺翔於清霄之上嘹嚦於紫塞之鄉聲嚦嚦而語哀哀王事靡盬不遑歸處感懷者倍為腸斷聞之者涕淚交頤是曲也聲律慘悽音韻悲傷寫出一段征人懷鄉憂國之意真虞絃中之白眉者哉

其一 變徵音中州譜燕山唐松

濤先生所授又名龍灣散人

善中州琴數十曲著作島僊

吟曲

爰作 [illegible]省 [illegible]、巠品省囙 [illegible] 巠品爰、將中指向外徽推

三次 [illegible]省 [illegible]。巠品 [illegible]云二巠 [illegible] [illegible] 巠上十⺈上九省

⺈下十巨十又上九立又上七七⺈下十 [illegible] [illegible] [illegible] 爰巠芒女⺈上八艮巨才

上七七又上七又下八三艮才下十上九六又十立 [illegible] 巠十 [illegible]省 [illegible] 巠表

古黑水穆敬止氏重刊 二 研露樓原本

塞鴻 徵

爰省 [illegible] 巠表爰下省立上六八方 [illegible] 合艮巨才 [illegible] 上七⺈立 [illegible] 上六三

又上五六艮才 [illegible] ⺈下七又下七七隹 [illegible] [illegible] 表巠 [illegible] 表品立⺈下七十品隹

才下七七方 [illegible]。合 [illegible] ⺈上七⺈上六十艮才下七又下六七 [illegible] 省 [illegible]。巠

其二

[illegible] 上七艮才下七七 [illegible] 艮旬上七六隹才下九下十 [illegible] [illegible] [illegible] 省立

[illegible] [illegible] 艮才午上七十 [illegible] 省立下八十隹巨才 [illegible] 省 [illegible]。[illegible] 午上

七四省 [illegible] 艮才 [illegible] 艮巨才 巠品 [illegible] 省 [illegible] 巠 [illegible] [illegible] 上九三艮

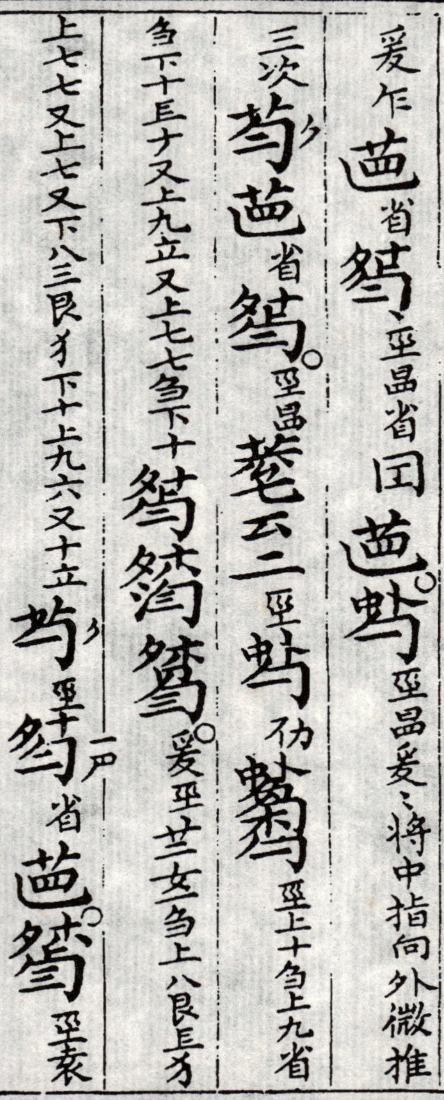

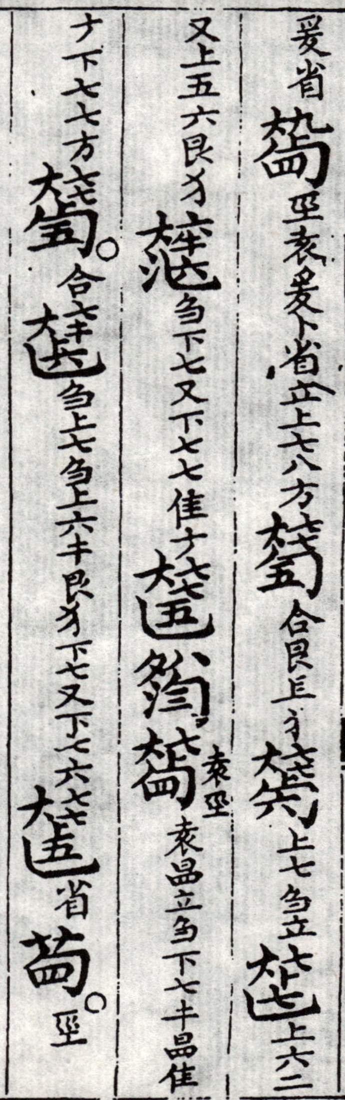

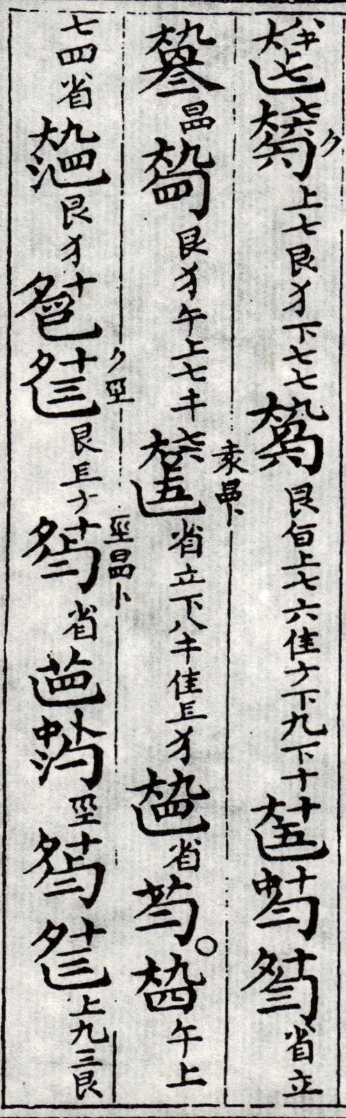

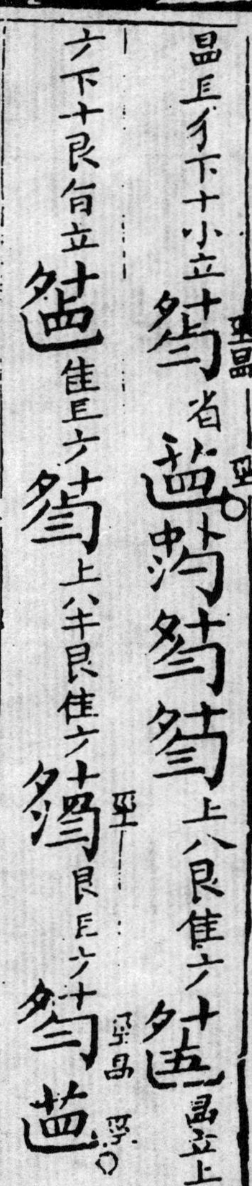

其三

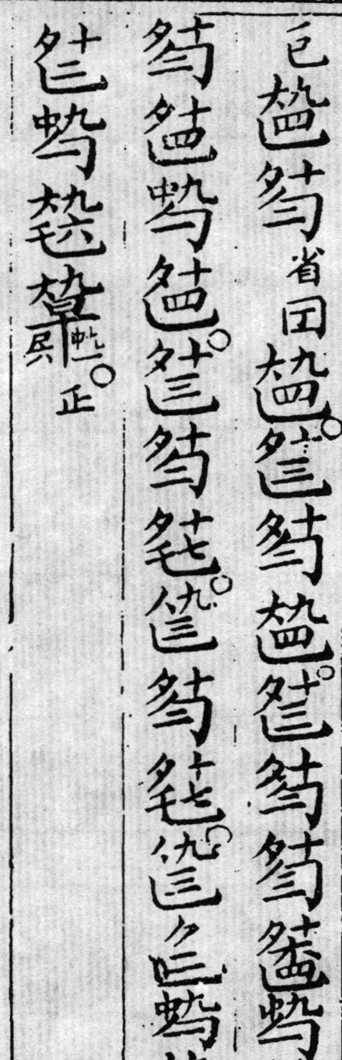

其四

塞鴻 徽

其四

其三

艮彳上十 𨑳○合省十二上九 ⺡蜀 廿二女一疒下十三下十三佳大十巾巳 㔾

勻省 毛○

其五

⻍甚 軟立十 色 ⺡省 蔡 ⻍查 午上八三 大⻍四 巠欹立十 夕色 夕⻍巳 巾上十

虫蜀 㓃省十 蜀 佳百 夕蜀 大⻍查 晶 佳百 蜀 省晶上九又上八 ⻍巳 多下九

省晶下十又晶上九艮百 夕蜀省 ⻍西○ 蜀 夕⻍四 多上九下十 夕蜀 巾上九七 大⻍五 多

下八四雲立 ⺡蜀省 ⻍芷○ ⻍立 ⺡蜀 蜀 ⺡蜀 艮彳 ⻍巳 上七七六 大蜀 晶

上七七 ⻍芷 多十上六三七 大⻍七 疒下七七雲立 九蜀 艮彳 ⺡蜀 多六上七七方省 蜀○ 疒

⻍蜀 ⻍芷 省下八又下九 ⻍九 省 ⺡蜀○ ⻍巳 午上七七十 夕蜀 省艮百多彳 夕蜀

夕蜀 多小艮百 大⻍四 午上七七 蜀 省艮上十 夕蜀 ⺡蜀 ⺡蜀 艮彳 ⻍五 立

下八十九 ⺡蜀 ⻍芷○ 九年上七十 大⻍四 立 色 蜀 巾上九 夕蜀 上九六 大⻍五 下八十

夕十蜀 晶艮上彳 夕蜀 夕⻍四 多上九下十十 夕⻍巳 多立下十一又下十二 蜀 ⻍西○ 蜀

⻍西 佳百 蜀 上九七 大⻍五 疒下八十 九蜀 艮上十上七七 大⻍五 ⺡蜀○ 省上六二多

十又上五六省

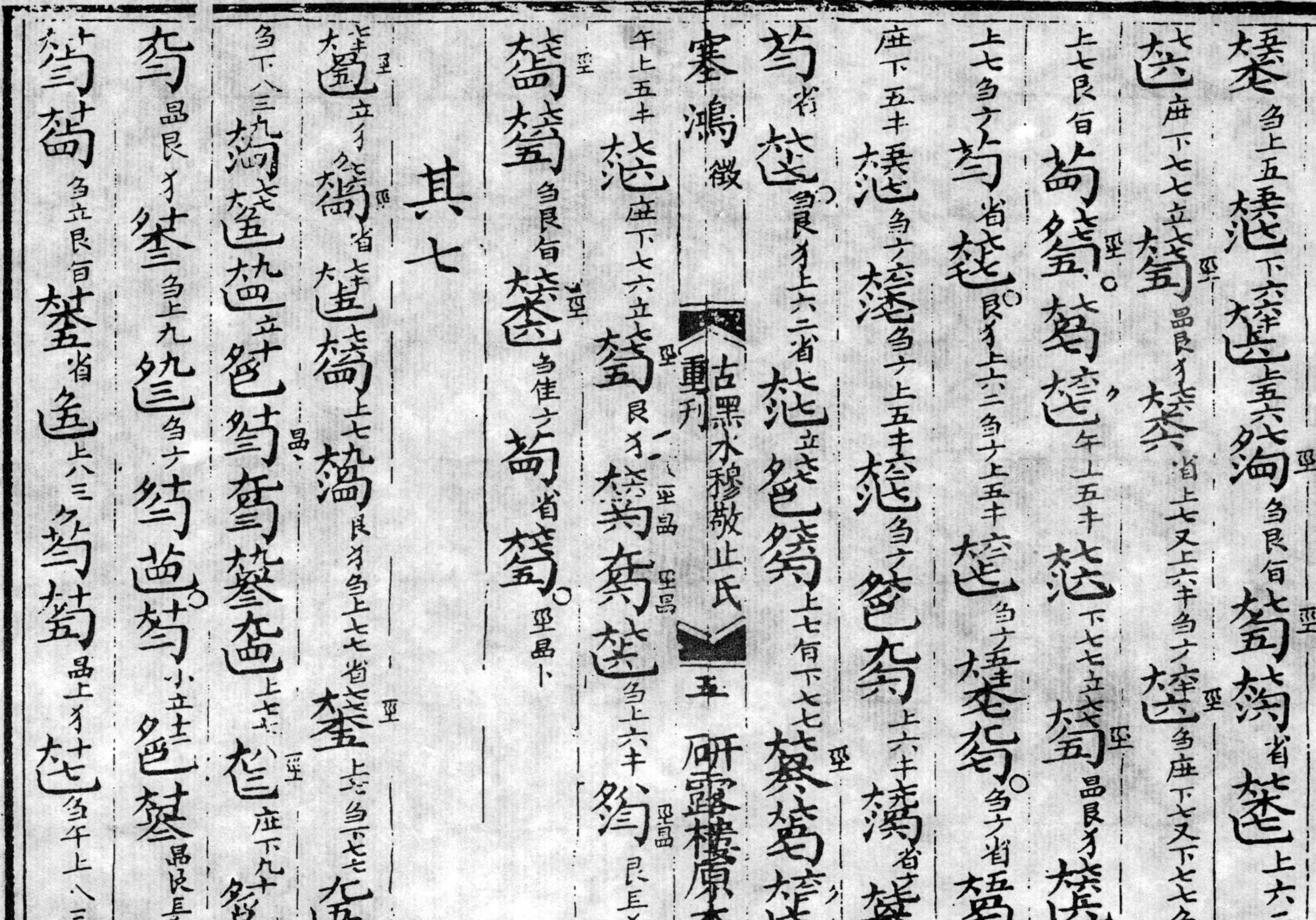
其六
塞鴻 徵
其七
古墨水穆敬止氏重刊
五
研露樓原本

[illegible]

其十

[illegible]

其六

其八

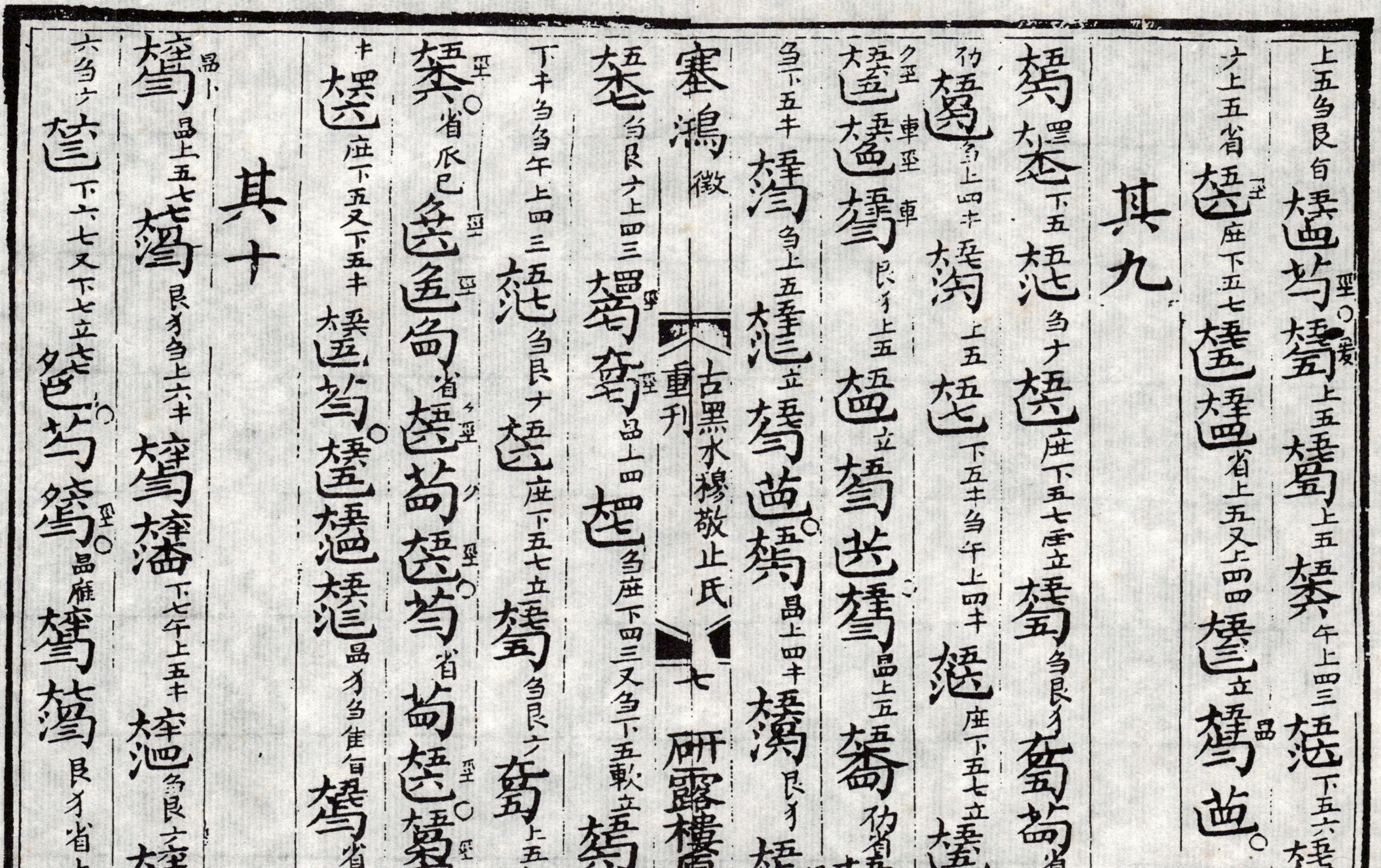
其九
其十

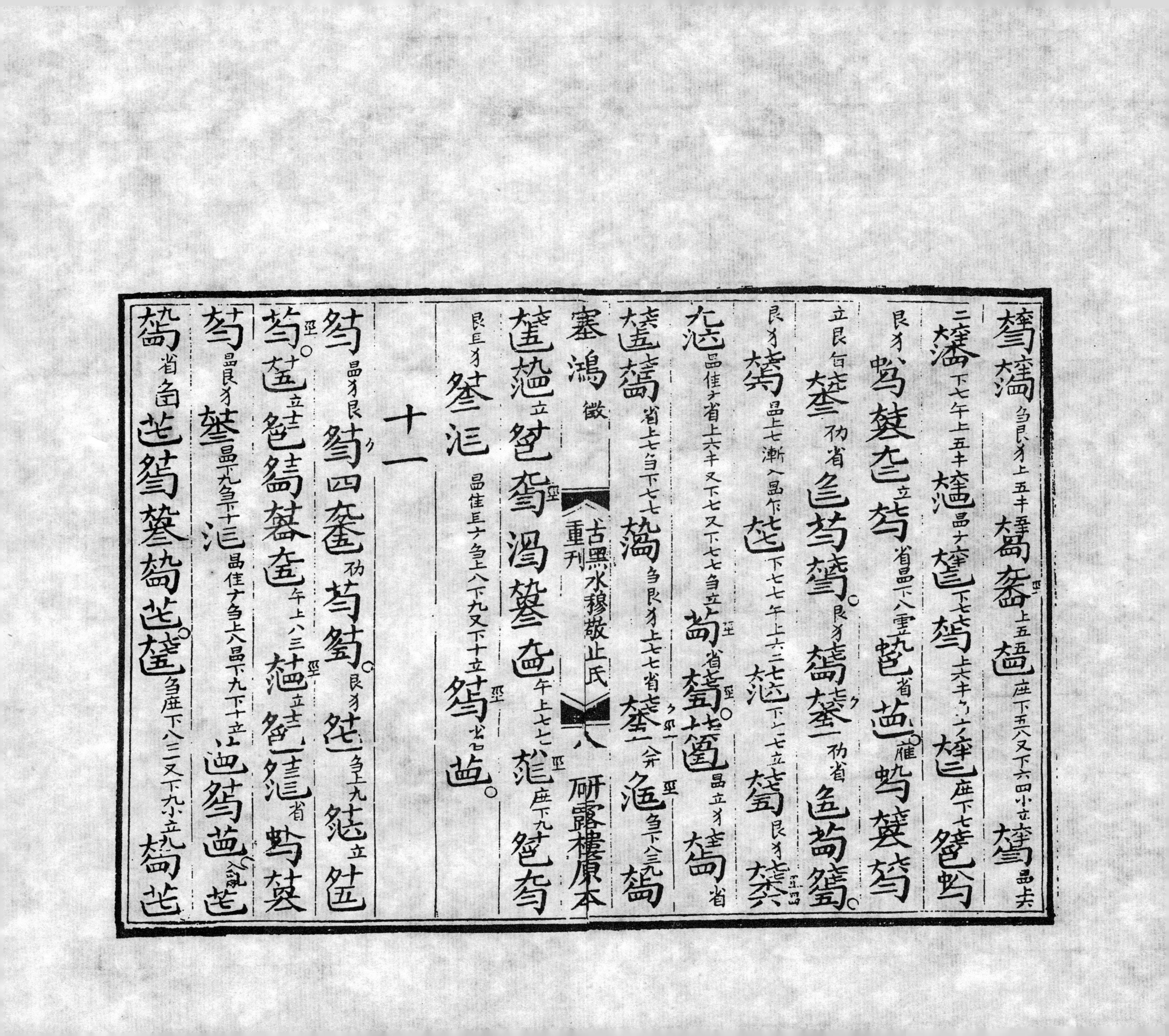

塞鴻 徵

十一

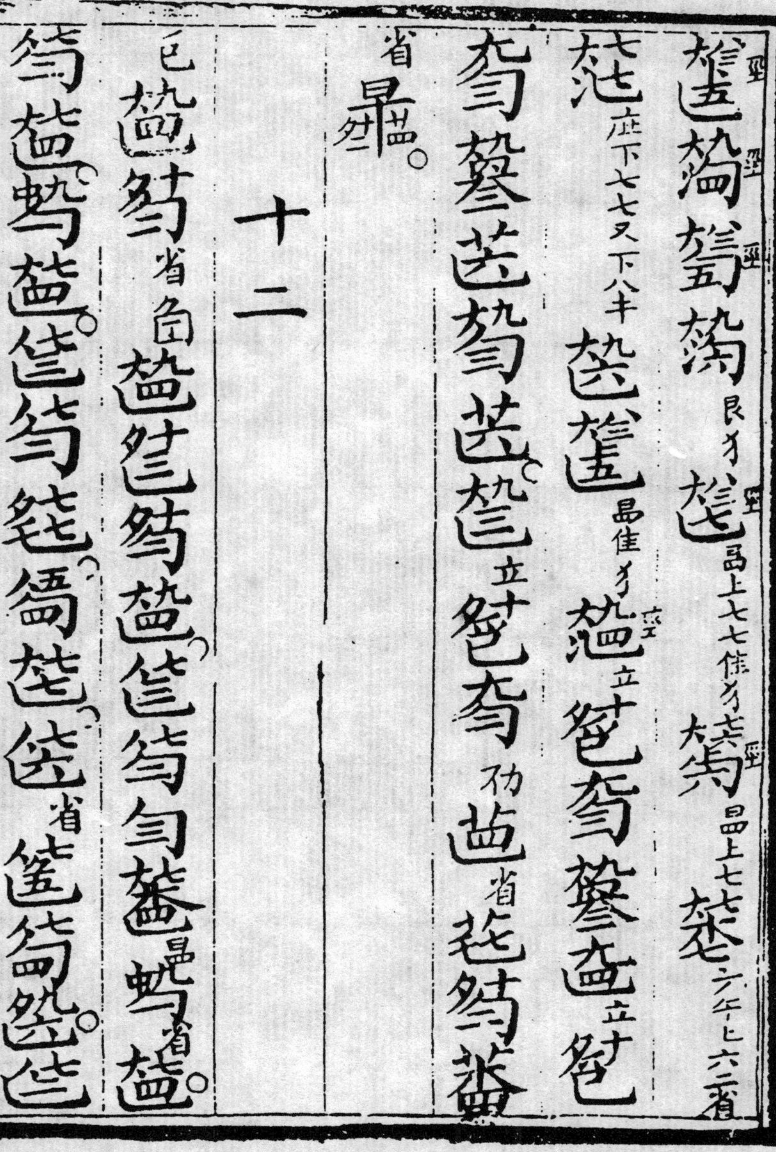

十二

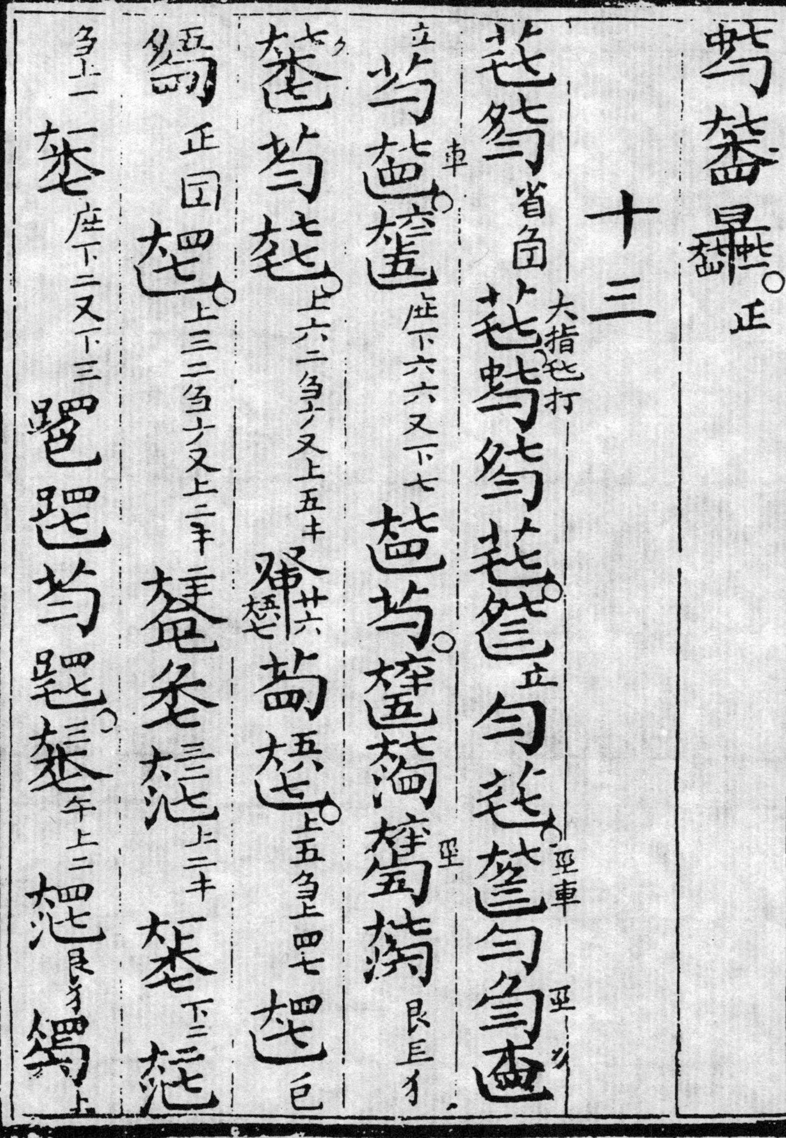

十三

[illegible]

十三

[illegible]

十二

[illegible]

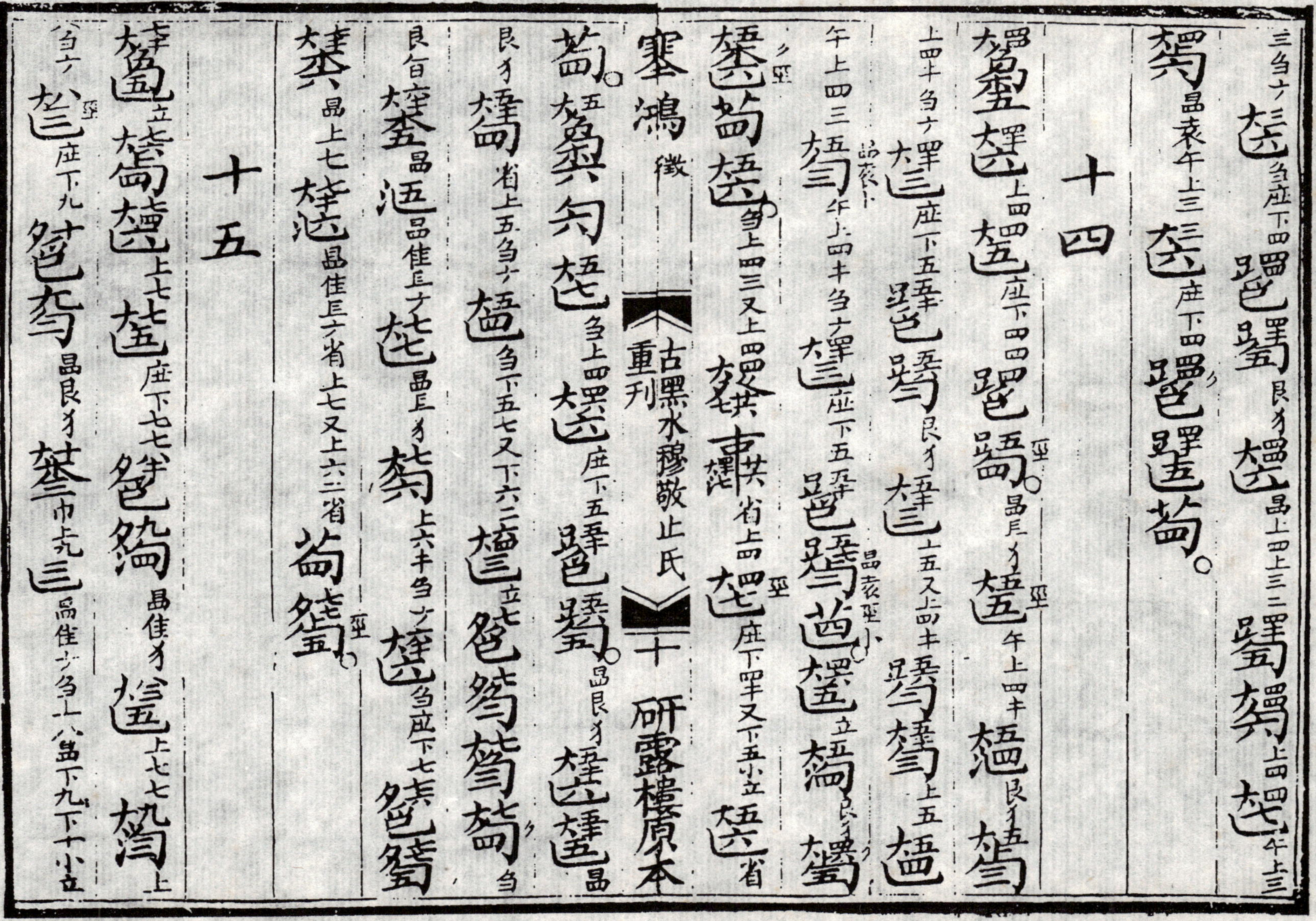
十四
十五

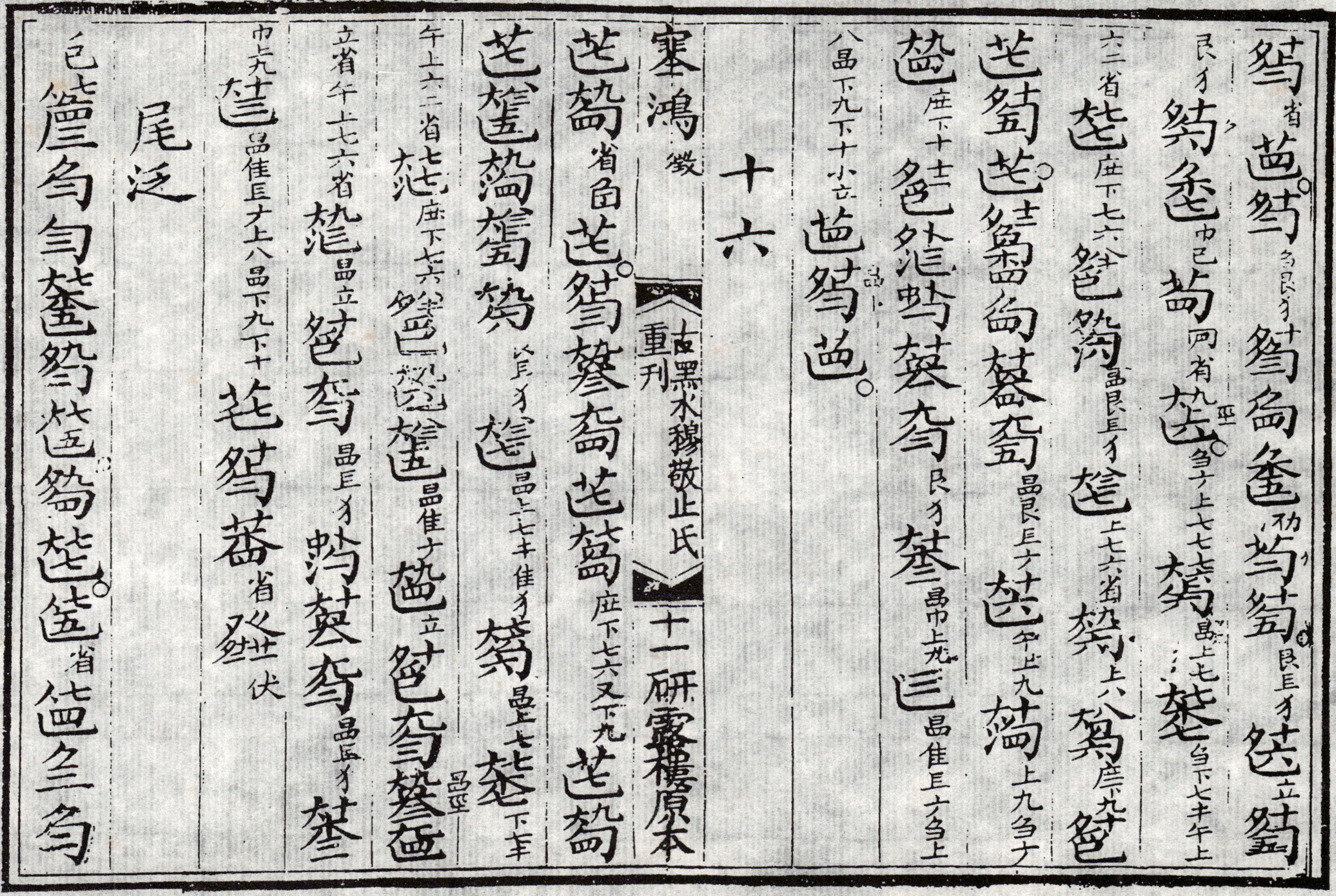
十六
塞鴻
古黑水穆敬止氏重刊
十一研露樓原本
尾泛

[illegible]省[illegible]。
叟々

塞鴻徵

古黑水穆敬止氏
重刊

十二硏露樓原本

徵音

其一

爰仆 茴䓜 爰艮巨ㄅ艮十二白上九ㄅ又二 上七 茴 大息 九荅

爰双立 菍 爰庄下十一品上十ナ上九佳ナ又二上七 芍荅 品艮

ナ二上七省 菡 多立尽巳 茝 㐌 省 茤 大上七艮ナ 茴 双立艮

百九 蚼 大上六四艮巨ナ七 菡 多上卄大立又上五省 䓖 多下七佳ナ二上

古黑水穆敬止氏重刊 一 研露樓原本

六二下七巨六八 笣 劢 蒟 廿二女一 車 菡 芍 大艮百 蓌 省上六二ナ又

上五十 莒 下七立 䈅 蒟 䈃 芍 省 蒟 䓻 上七又上五十

省巾巳八 笅 蚼 笒 上七才 䓰 上七多ナ又上六十合七 芘 㔾七一下七合

下八下九合 茴 庭 蚼 大艮才 茴 蚼 苣 省大佳百 苮 下十六二

上八 芶 立下十ミ欠立 䓣 多扯 芍 省 芘 蚼 品艮百 莶 立

爰巾巳 蚼 蓊 䓖 車 上十ナ 笣 多二上八省 㐌 多三下十二立巾巳

芍 省 芘 茵 蚼 艮旨 笣 省二上七 菍 欠立十 笣 劢 蒟

其二

其三

楚茝 省茝蒤楚 大上七省又上五干巾巳 蒤省茝。

鹫鶿 省鶿 大息艮𠂤 艮五干彡上五六又上四六

楚邕蒤匋遷 上四立 豆下五八下上四三 匋

蒤芭楚 豆下五八 下上五八下 鷺 彡下上五下 車

遷 下又立産 蹊邕遷 彡干下五八下

䳢蒤芭楚 下又立産 蹊邕遷 彡干上四三干

五彡十上四七 楚 彡干上四三干 功 蓻 省三上四

塗山徵 其三

豆彡下五八下 遷 下五七六 鶿 省上五又上四六立 驍

鶿邕。

昌丁芭蒤 团爱下 内 二上四 芭蒤 省上五又上四六立 遑 彡六立

驍邕鷺鶿牆 多下六四彡才 笆遑 省艮𠂤 鶿

芘毫三鶩 鶿 上六干 鶩 省艮𠂤 喬 立艮𠂤

大鼎 省艮𠂤九 䳢 上八省六上七 鶩 立下十軟立

【古黑水穆敬止氏】
【重刊】
三 硏露樓原本

[illegible]

[illegible]

[illegible]

二下十二巾巳 [illegible]

其四

[illegible] 立巾巳 [illegible] 上九省 [illegible]

[illegible] 上七七勻十又上七 [illegible] 上六四 [illegible] 上七又上六四 [illegible] 下七七立

塗山　徵

[illegible] 省二下十[illegible] [illegible] 立爪巳 [illegible]

[illegible] 立爪巳 [illegible] 午上七七 [illegible] 勻上才 [illegible] 勻小才爪巳 [illegible]

合四 [illegible] 勻午上七八才 [illegible] 勻上爪 [illegible] 勻上爪 [illegible] 上八 [illegible] 勻大才上

九 [illegible] 上九省 [illegible] 八开丘下九軟立 [illegible] 上十省又

上九上八 [illegible] 省 [illegible] 三尸

其五

[illegible] 省 [illegible] 上九 [illegible] 立下九 [illegible] 省 [illegible] 上

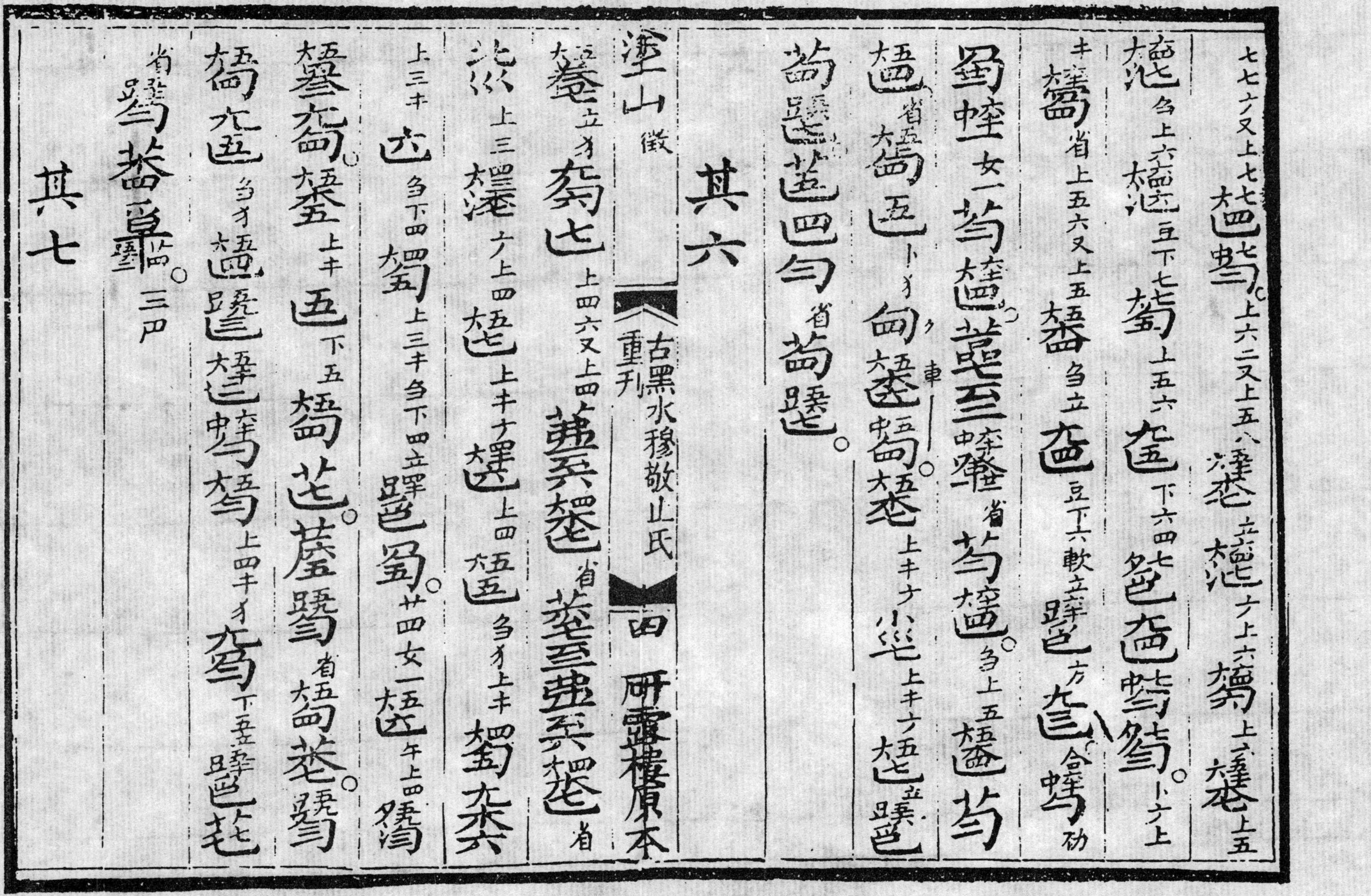
其六
古黑水穆敬止氏重刊
研露樓原本
四
塗山 徵
其七

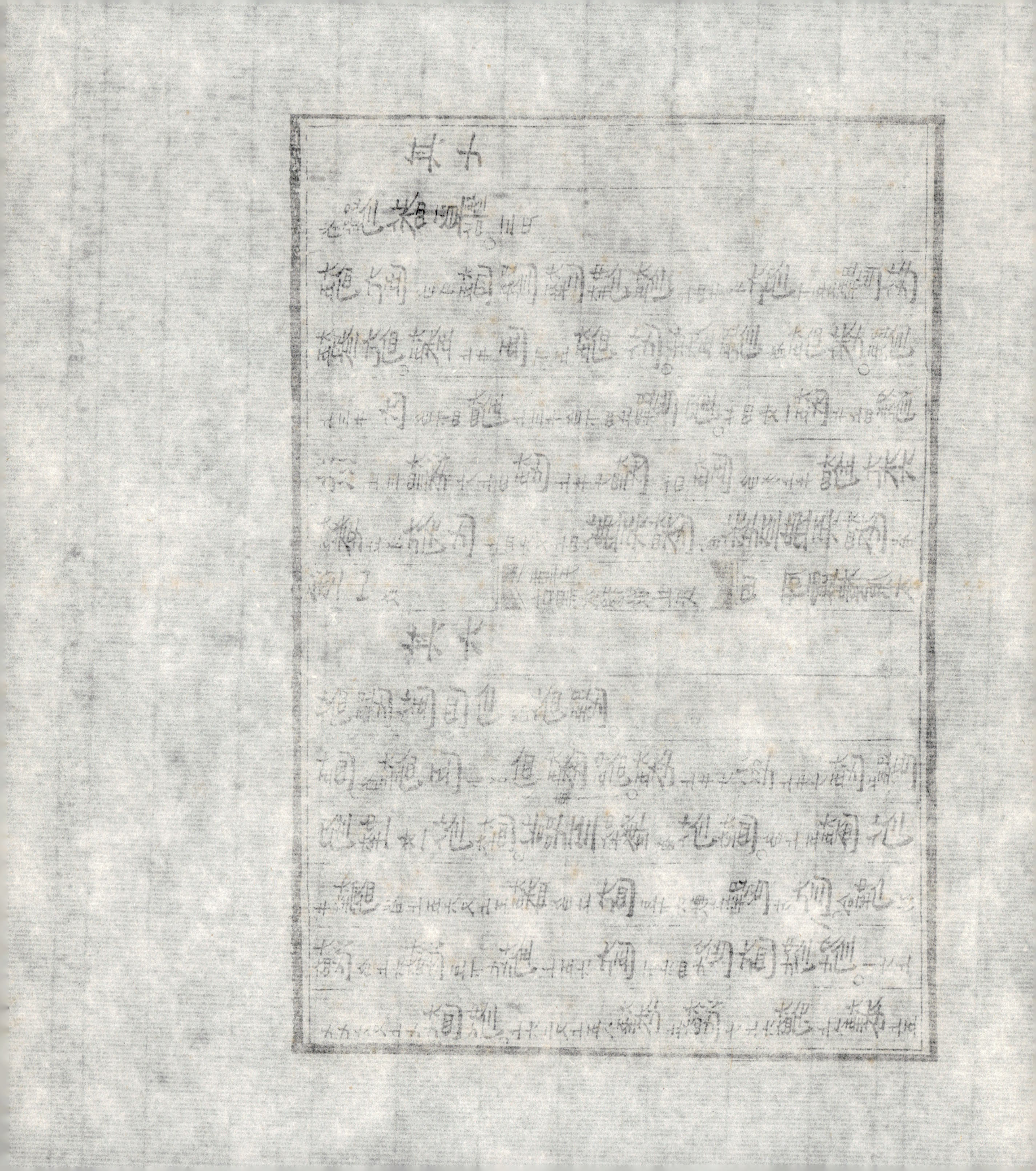

其九

[illegible]

其十

[illegible]

第三段 [illegible]

塗山 徵

其八

[illegible]

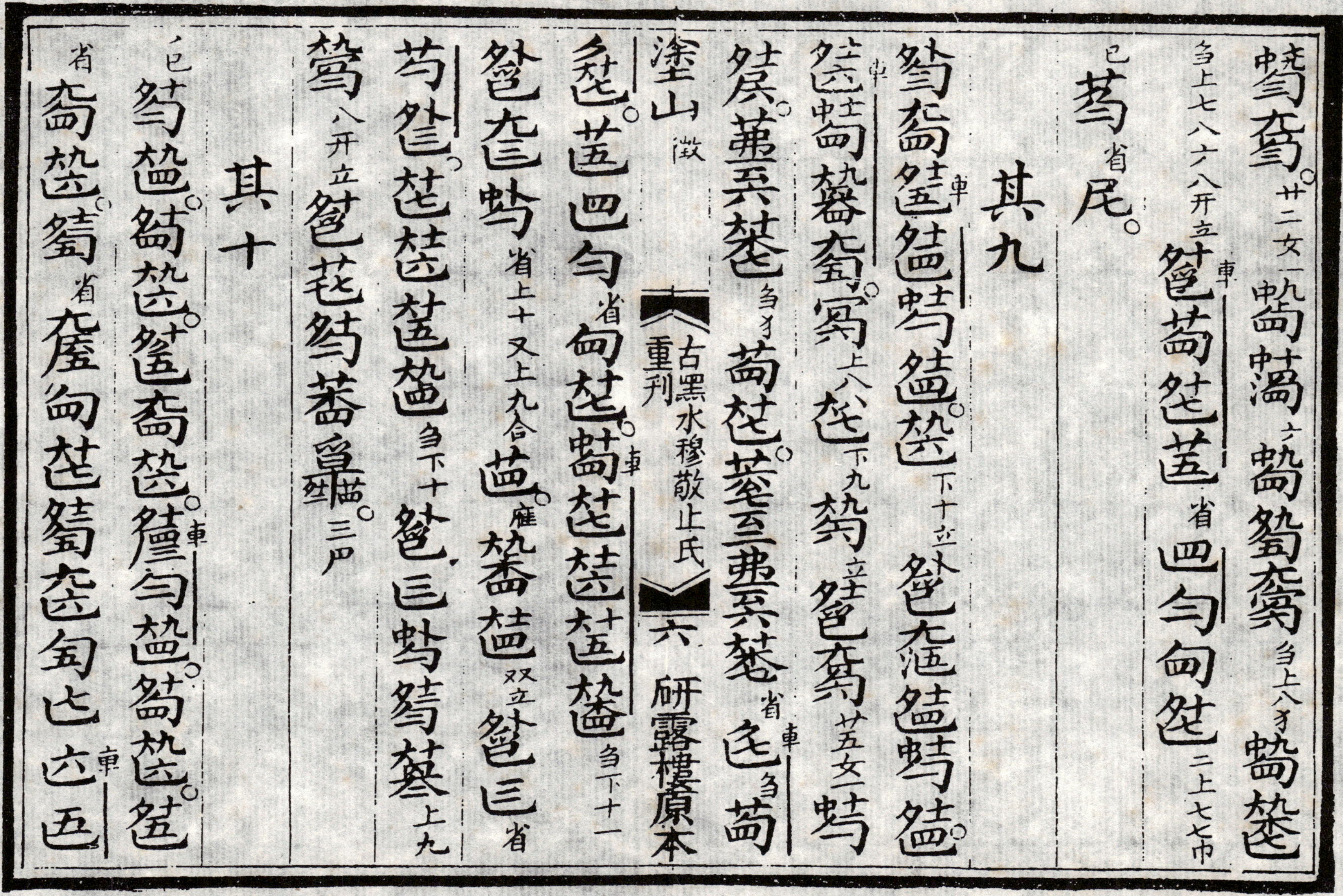
其九
塗山 徵
其十

[illegible]

十一

漸晶 [illegible] 午上七七 [illegible] 上八 [illegible] 多二上七大息又飞下八 [illegible] 省 [illegible] 廿

四女 [illegible] 上七七 [illegible] 下九上 [illegible] 多上七七 [illegible] 多下九

九 [illegible] 多大 [illegible] 多立 [illegible] 多上十 [illegible] 省 [illegible]

[illegible] 省多立 [illegible] 八开 [illegible] 多二上七 [illegible]

塗山徵

多上六二 [illegible] 多二上五六 [illegible] 飞下七七立 [illegible] 省 [illegible] 多 [illegible]

[illegible] 良六 [illegible] 多上六二 [illegible] 上才 [illegible] 二上五六多下六四又多

下七立省 [illegible] 廿四女一 [illegible]

十二

[illegible] 上丰 [illegible] 下七立 [illegible] 廿二女一 [illegible]

[illegible] 上丰 [illegible] 下七 [illegible]

[illegible] 上五六 [illegible] 多下七 [illegible] 午上五六 [illegible] 下六四立七 [illegible]

[illegible]

十二

[illegible]

十一

[illegible]

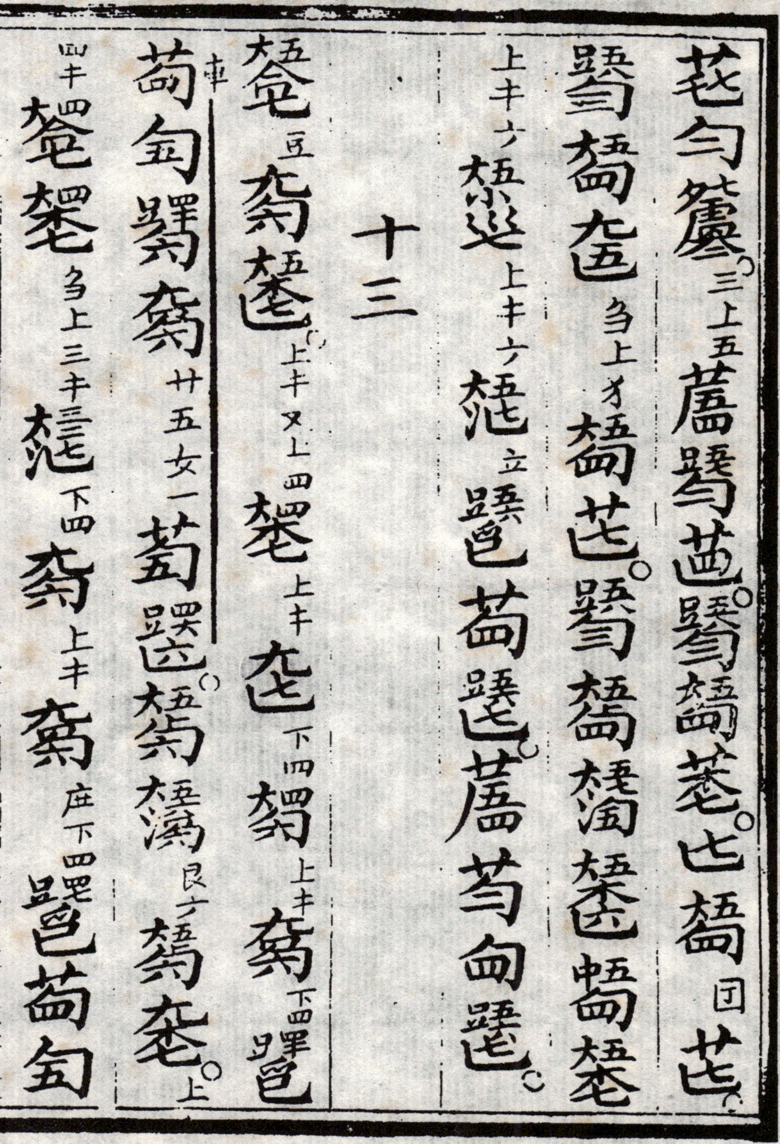

古黑水穆敬止氏重刊

研露樓原本

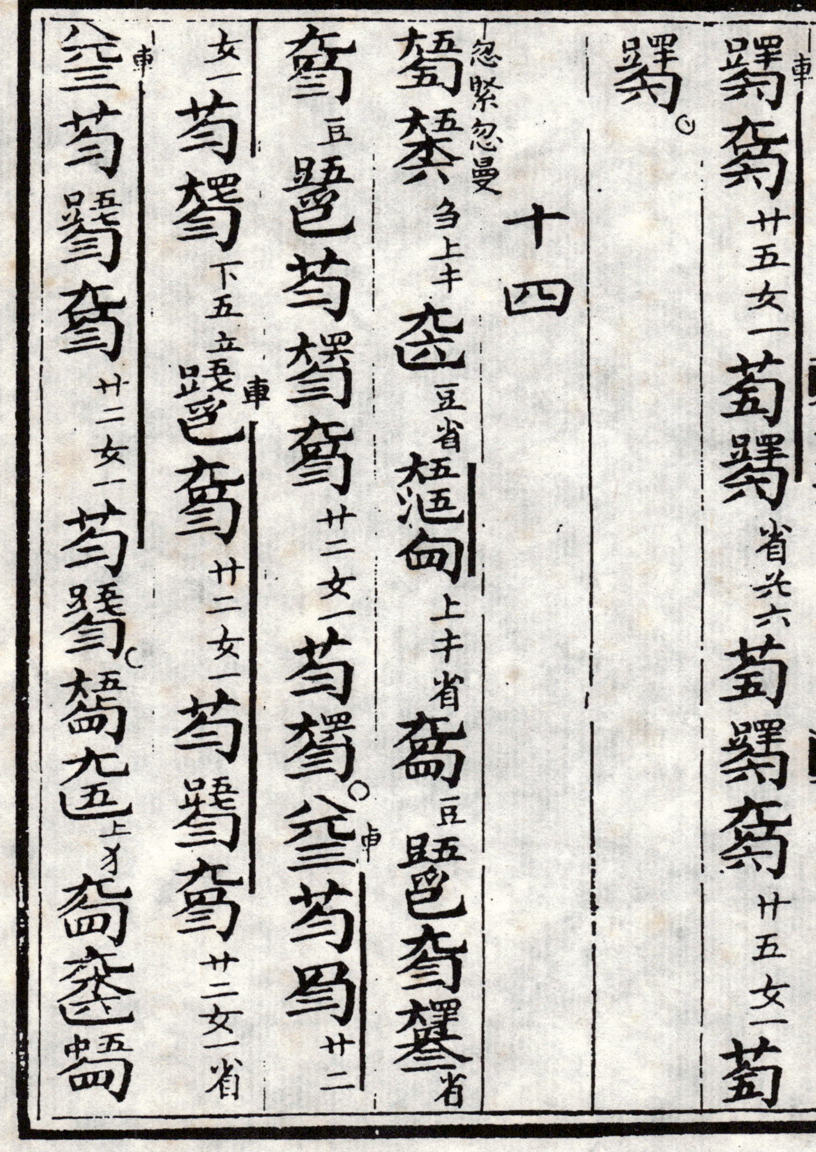

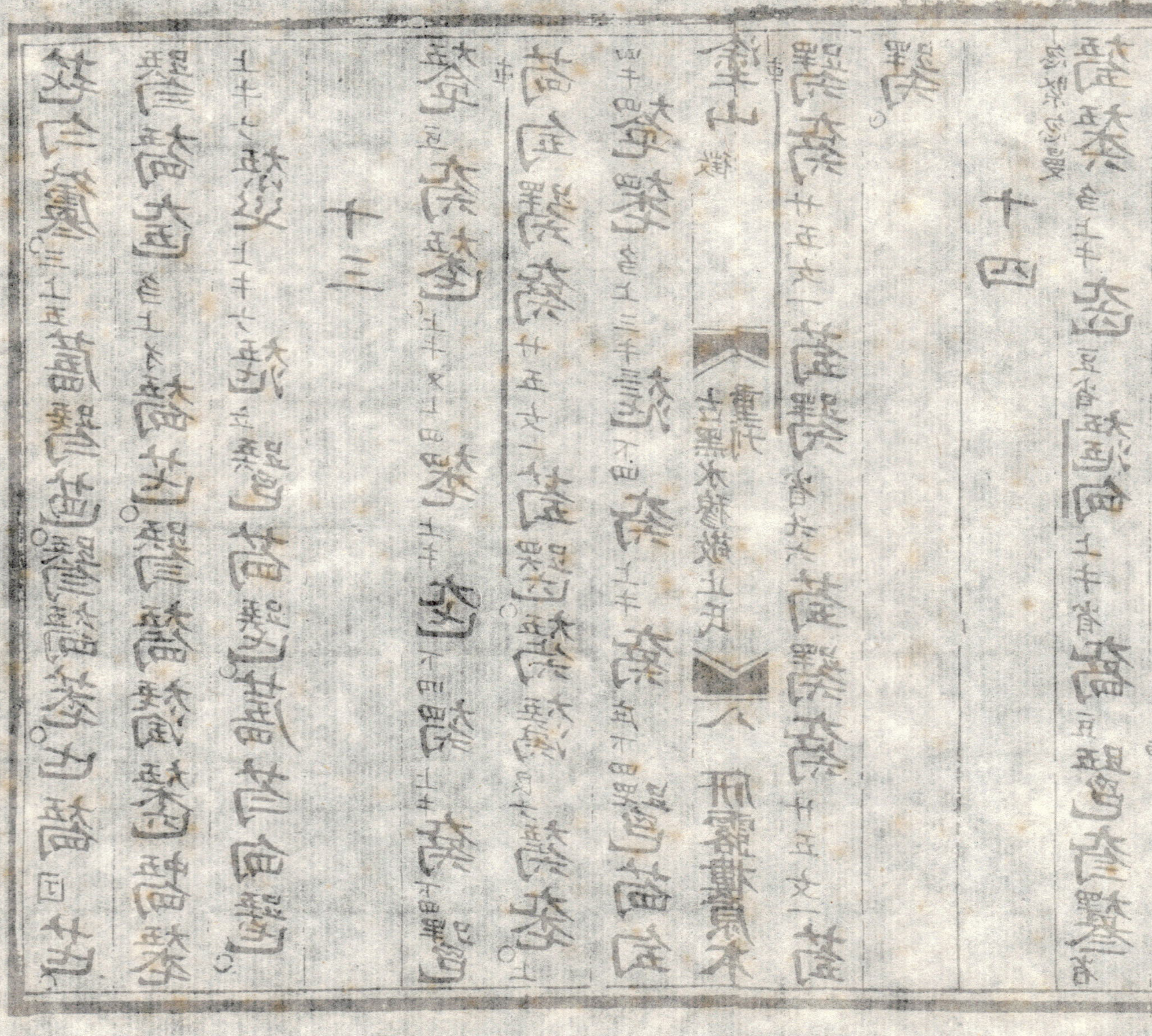

十五

古黑水穆敬止氏重刊

研露樓原本

十六

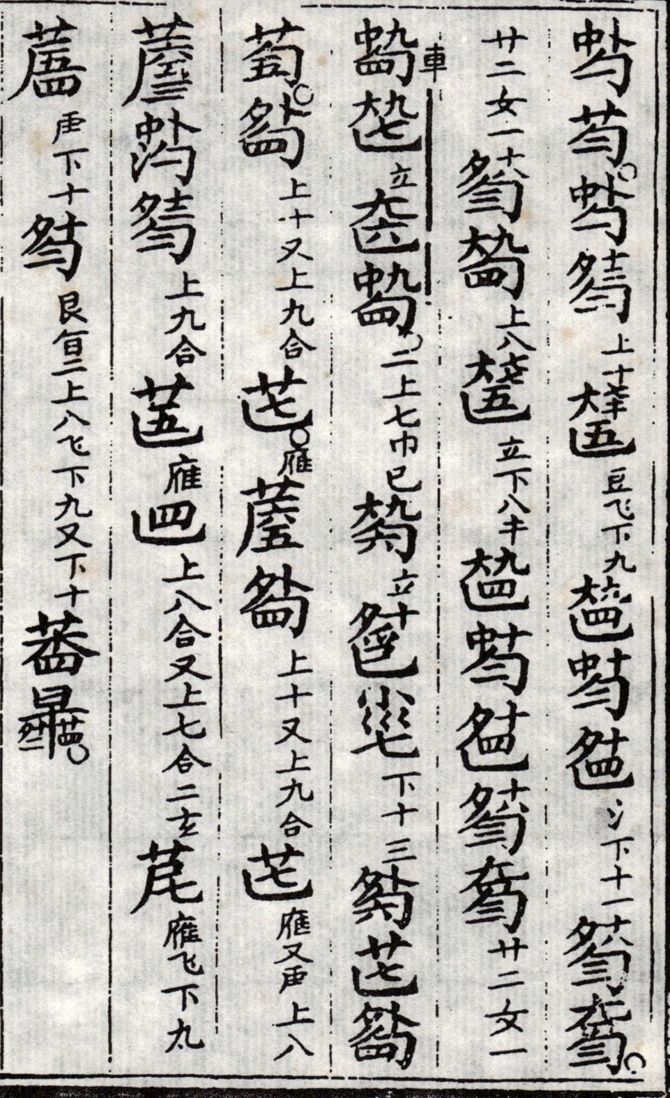

尾泛

塗山 徵

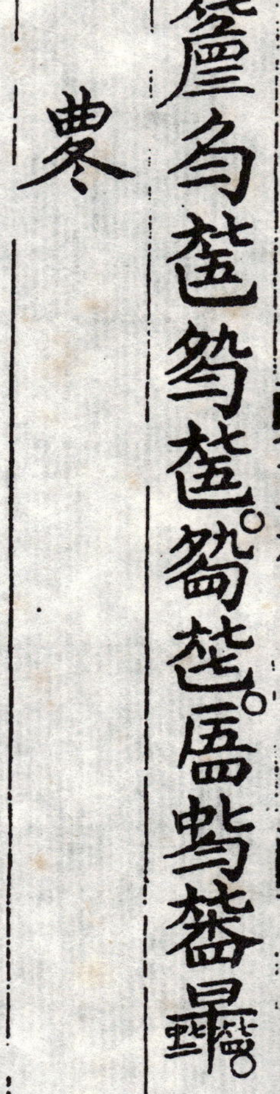

樵歌 凡十三段

徵音

其一

芚勻毛暈。匣勻尼勻毛暈毛暈蘿。

上八夕九下九 笆暈 下十一又十三上夕 拾 芚。匣蜀 三小ナ

芍。蒟笆 省下十一夕 上十省又二艮 蜀芃。蜀

笆 小立 蜀篤 夕上九 芍蓯芍 爰立 笆菡

其二

芒 省 芍芒。芍芍芒。芍 立巾上九 蒟 夕上十

蒟 夕上十。芒芍 省 芒。芍芍 省上八爰夕冋 芒

芍芍芍 卜夕 簽 次弹豆 芍芑 省上七七ナ上七 芑

小立上八 蒞 上九 笆芍笆。芍蓰蓰 艮 蒞

立 函 过 笆三芍 省 芍笆 省 芍笆芍芍

簽芍 上九夕 四 下十 蓰笆芍篤 大夕上九

其一

其二

廿一女一　省上七六ナ又上七合下七六又下九立

其三

夕上八紵同　犭

欠臣　上七六ナ又上七

省　过　夕上七七又上七同

ナ　拾　省良九合　ナ上七　过

ナ省　夕ナ　省上七六ナ又上七

上七下七六ナ　良十合　省

过　夕上七七又上七同　ナ

拾　省良九合　ナ上七　过九

七　夌良合　上六四ナ又上五斗下七立

廿四女一　省

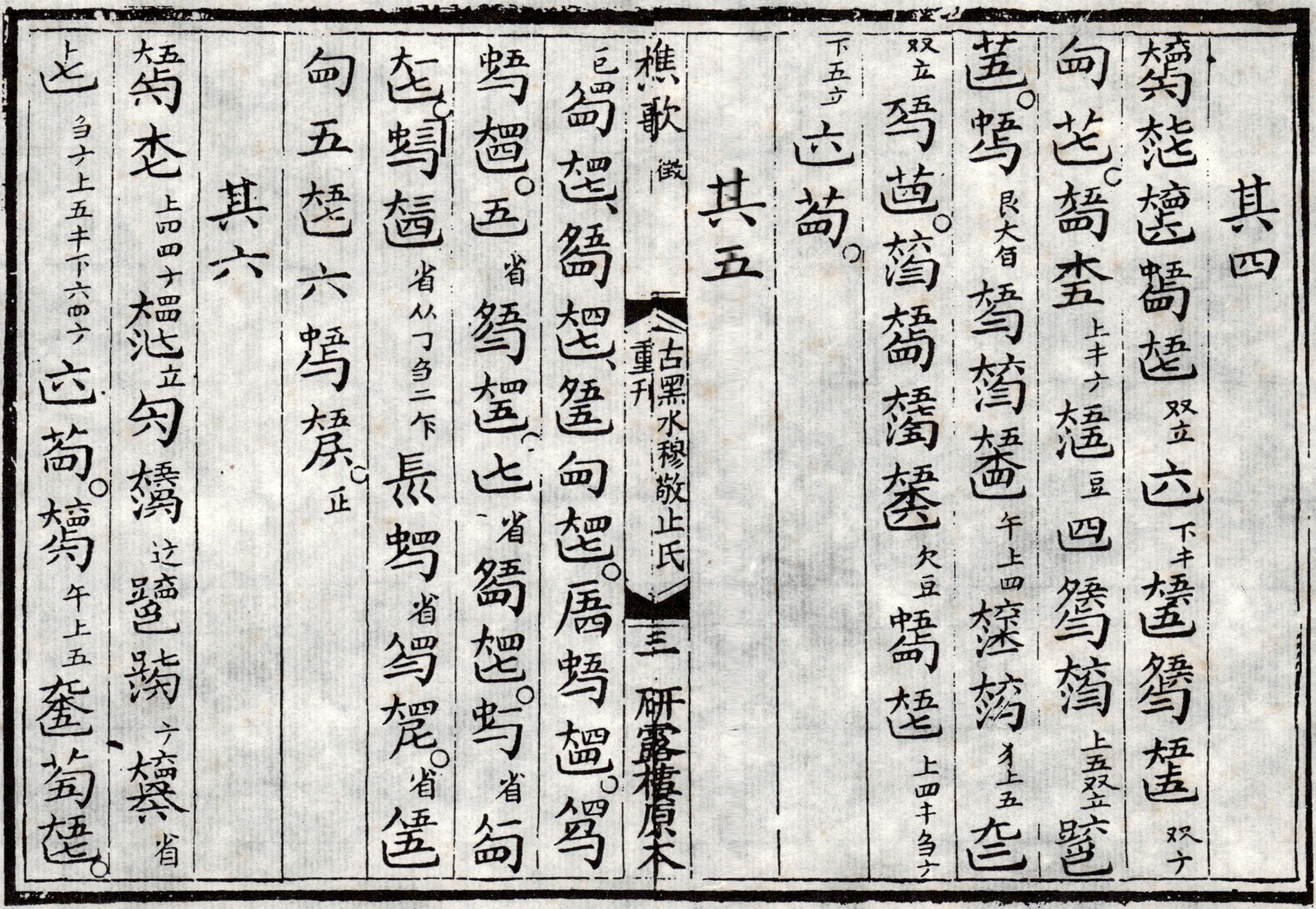
其四
其五
樵歌
古黑水穆敬止氏重刊
三
研露樓原本
其六

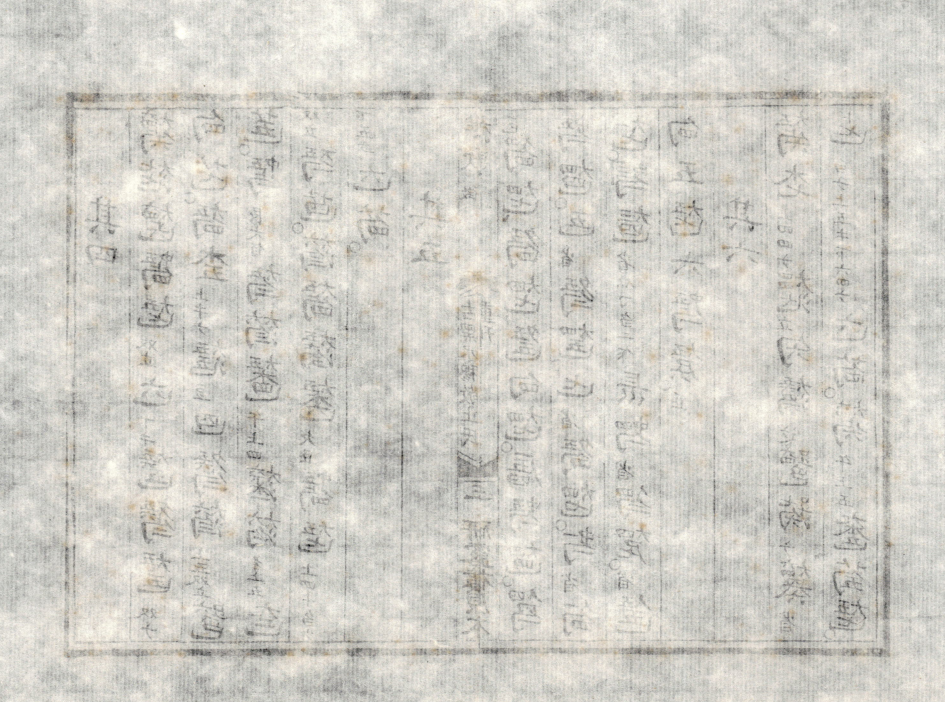

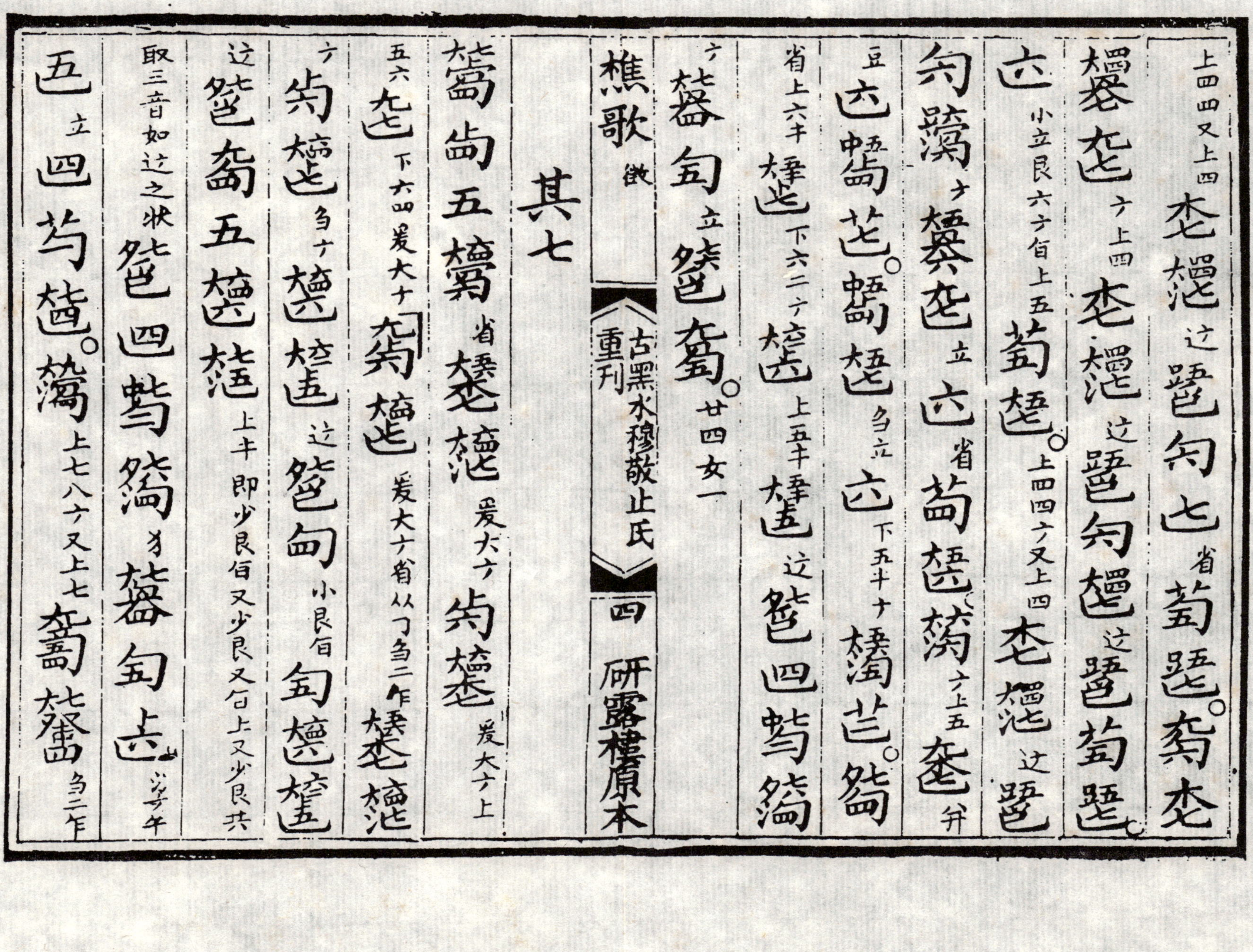
其七
取三音如这之狀

[illegible] 彡ナ [illegible] 省 [illegible] 大ナ [illegible]

[illegible] 彡ナ上五六 [illegible] 末弾立下六凸 [illegible] 爰大ナ省从刁彡二

乍 [illegible] 过 [illegible] 小良旨 [illegible] 过 [illegible]

[illegible] 上十三ナ女前取音 [illegible] 才 [illegible]

[illegible] トシ才 [illegible] 立 [illegible] 省 [illegible] 省午上五 [illegible] ナ [illegible] 省午

上五 [illegible] ナ [illegible] 上六彡ナ弁 [illegible] 彡ナ上五丰 [illegible]

欠才上七 [illegible] 上七爰ナ弁 [illegible] ナ [illegible] 才上九

樵歌 徵

[illegible] 立 [illegible]。

其八

[illegible] 才 [illegible] 立 [illegible]。[illegible]

[illegible] 才 [illegible] 立 [illegible]。[illegible] ナ

[illegible] 立 [illegible] 三。上九ナ九下十又下十三

[illegible] 冋入㗊 [illegible] トミナ上十 [illegible] 彡下十三ナ [illegible]

豆ナ巾巳 [illegible]。[illegible] 省上十爰大ナ [illegible] 省

古黑水穆敬止氏重刊

研露樓原本

[illegible]

其八

[illegible]

[illegible]

茴九羽下十三 三 蚪 鷥羽上十又上九 夂 九羽下十一
蔦 茴。

其九

㔾 筍 莡。蔦 莡。 甸 莡。 㕓 蚼 茴。 蔦
蚼 茴。 五省 蔦 茧。 匕省 蔦 莡。 蚼省 蔦
匕。 蚼 茴省从フ夕二乍 長 蚪省 蔦 尼。 筃 甸
匋 莡 亡 蔦 蓥 蔦省 甸 蓥。止

其十

蓥方品 豆 甏 蔦 氵羽回 芒。省 蔦 氵羽 夲 省上七七又
蓥上七 立 匋 先卜少氵下九上七六 蔦 ナ 甏 蔦 双卜羽回
芒。省 蔦 匋 氵氵 夲 上八六舟 蔦 先卜少氵下九上七六并ナ
甏 蔦 蔦 蔦 九羽上九 茧 先卜少氵羽又上七六 夕下九大
ナ九 蔦 芒。蔦 蔦 蔦 九羽上九 夲 夕ナ上七六 茧 夕上
七 蜯 蔦 蔦 九羽上九 芒 立 勺 茴。

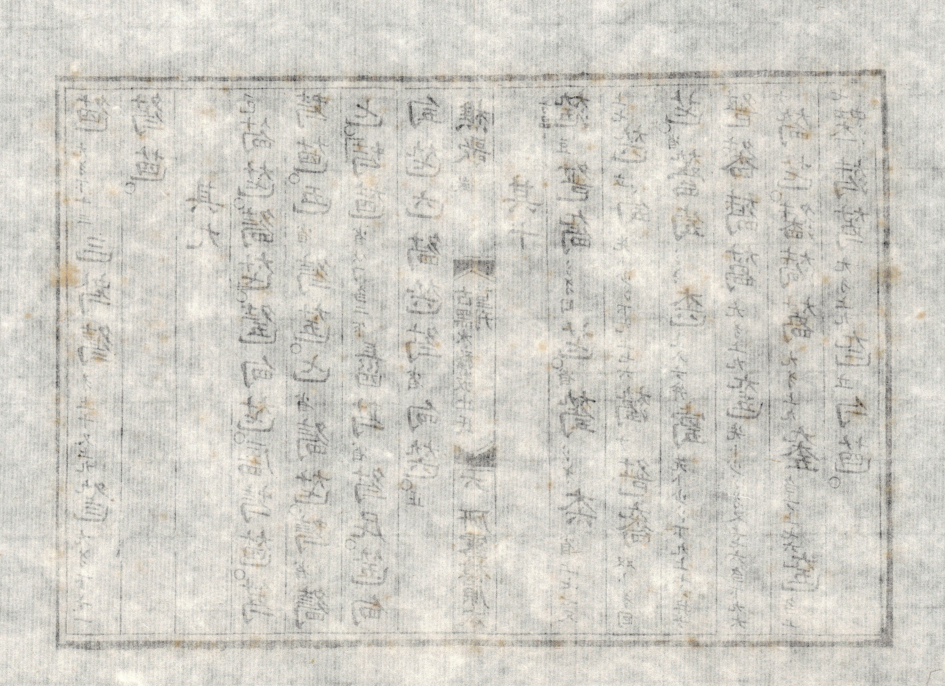

十一

內有跌宕先急后慢

[illegible] 才 [illegible] 才 [illegible] 省上七八才

史下九尺巳 [illegible] 同 [illegible] 上七六才 [illegible] 豆 [illegible]

[illegible] 方品 [illegible] 省品下八十又下九十才 大 [illegible]

[illegible] 大才上九 [illegible] 立

[illegible]

十二

樵歌 徵

此段亦有跌宕

[illegible] 活旨 [illegible] 活旨

[illegible] 大急十省午上八 [illegible]

[illegible] 下十二大才此音要古 [illegible] 省 [illegible]

十三

[illegible] 尺巳 [illegible] 同 [illegible] 上九又上七六ナ [illegible] 省

[illegible] 急ナ下九 [illegible] ナ [illegible] 此卜用不定活旨 [illegible]

[illegible] 卜音同前 [illegible] 省 [illegible]

省从丁𠂤丁作此四聲大忌乱响訣以串二則脫一碍三串五則脫四碍六必輕穴重串獨得二五之声脫一者言右勾不串着一絃碍三者言右掌压壓三絃也脫四碍六亦如前法 [illegible]

[illegible] 立上九 [illegible] 省从丁𠂤二下 爰十午上九 [illegible]

[illegible] 十省从丁𠂤二作 [illegible] 十 [illegible]

樵歌 徵

[illegible] 十上九 [illegible] 上八 [illegible] 从丁𠂤

二作 [illegible] 方晶 [illegible] 上七又上六四十 [illegible] 少上 [illegible] 下六八

[illegible] 爰十省 [illegible] 十省 [illegible] 十 [illegible] 立 [illegible] 九才下九

[illegible] 十上七六 [illegible] 九才下九尺巳 [illegible] 同省 [illegible] 巳 [illegible]

[illegible] 正 [illegible] 伏巳 [illegible] 四 [illegible]

[illegible] 正

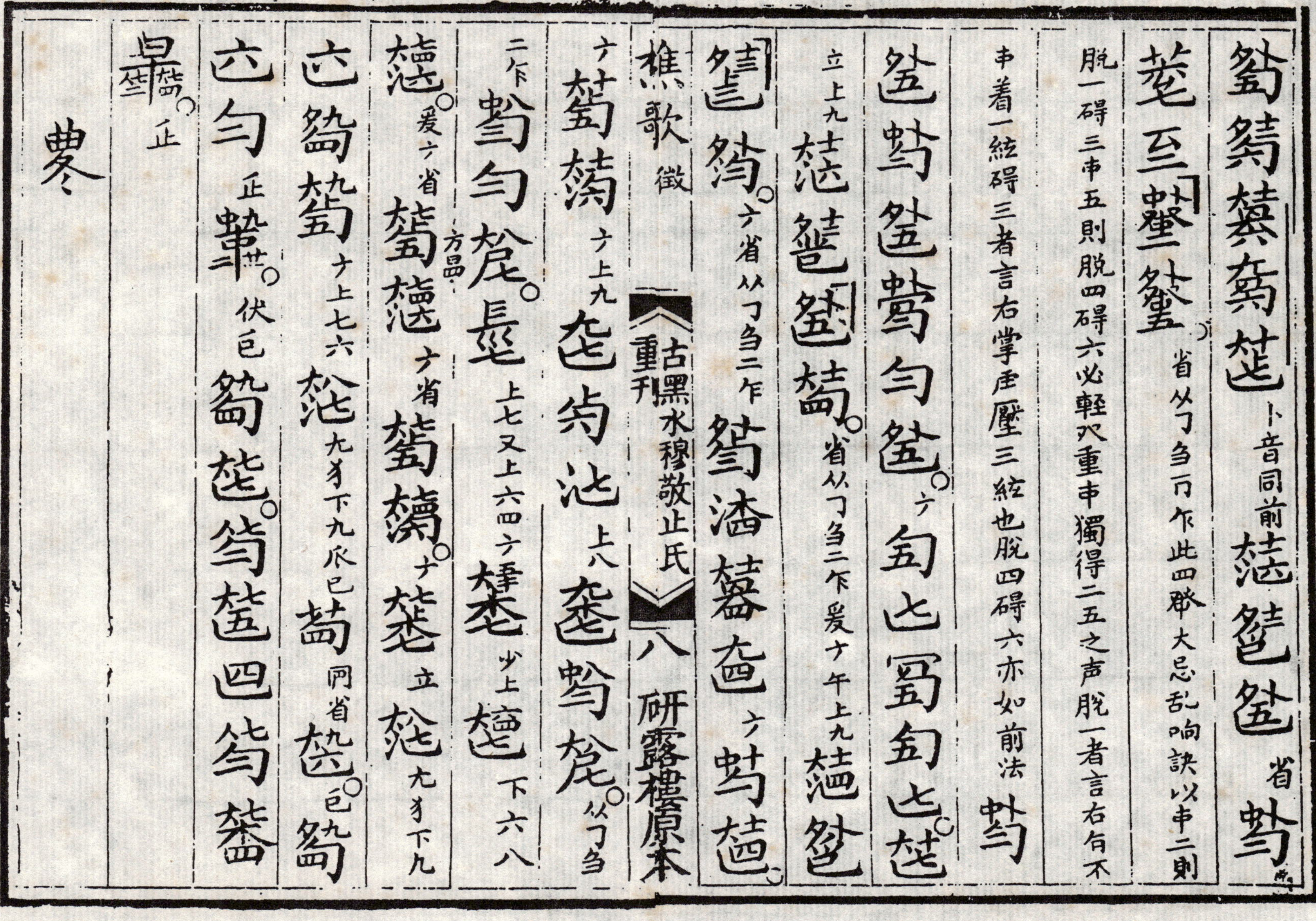

宋玉悲秋 凡十六段

徵音

其一

䒤上十住豆ナ大艮旨又上九茵、启䒤艮巨ナ茵䒤艮大ナ

䒤艮巨ナ茵。㞋从豆一下作䒤艮大ナ䒤艮ナ䒤省

上九茵艮爰巨ナ上七六九茵立下九七茵爰艮ナ䒤䒤爰ナ

茵茵上八ナ茵立下九七立䒤艮爰ナ茵上八㔾ナ下

九省又下九七立䒤茵。

古黑水穆敬止氏重刊 一 研露樓原本

其二

䒤省上九ナ䒤省上九䒤艮爰ナ䒤ナ上七六ナ又上七

茵ナ茵上七六ナ下八三摔茵爰ナ䒤。省茵至立茵立

䒤省上九茵ナ上七六茵下ナ七双立䒤泛茵茵上八ナ

茵立下九七茵茵䒤爰㔾ナ䒤上十一ナ䒤泛茵

省十茵上九ナ茵立下十二䒤爰㔾ナ茵上九㔾ナ下十又卜

二立 [illegible]。

其三

[illegible] 省上十ナ [illegible] 上十方 [illegible] 合ナ [illegible] 廿四女一上八二小ナ上七

[illegible] 汁 [illegible] 上七六ナ卞八三徠 [illegible] ナ [illegible]。[illegible] 汁 [illegible] 汁 [illegible]

艮白ナ八 [illegible] 上七六卜豸 [illegible] 上七 [illegible] 多ナ上六二 [illegible] 立下七六 [illegible]

廿四女一 [illegible] ナ [illegible] 多下七六双立 [illegible] [illegible]。[illegible] 省上七ナ

[illegible] 上七 [illegible] 双ナ上六二ナ又上五七 [illegible] ナ [illegible] 上五六ナ下六二徠

古黑水穆敬止氏重刊

二 研露樓原本

悲秋 微

[illegible] ナ。

其四

[illegible] 立 [illegible] 立 [illegible] 上七 [illegible] 多ナ上六二 [illegible] 下七六双欠立 [illegible] ナ

[illegible] 紆艮九白多 [illegible] [illegible] ナ [illegible] 八廾省 [illegible] 上六七 [illegible] 下

七六立 [illegible] 多ナ [illegible] [illegible] ナ艮八三白 [illegible] 上七卜豸 [illegible] 省上七又上七

[illegible] 豆下七六立 [illegible] 汁 [illegible]。[illegible] 省上七四ナ [illegible] 上七四八 [illegible]

双ㄔナ [illegible] 上八ナ [illegible] 立 [illegible] [illegible] 汁 [illegible] 上九 [illegible] 多ナ上七

其五

其六

其六

其七

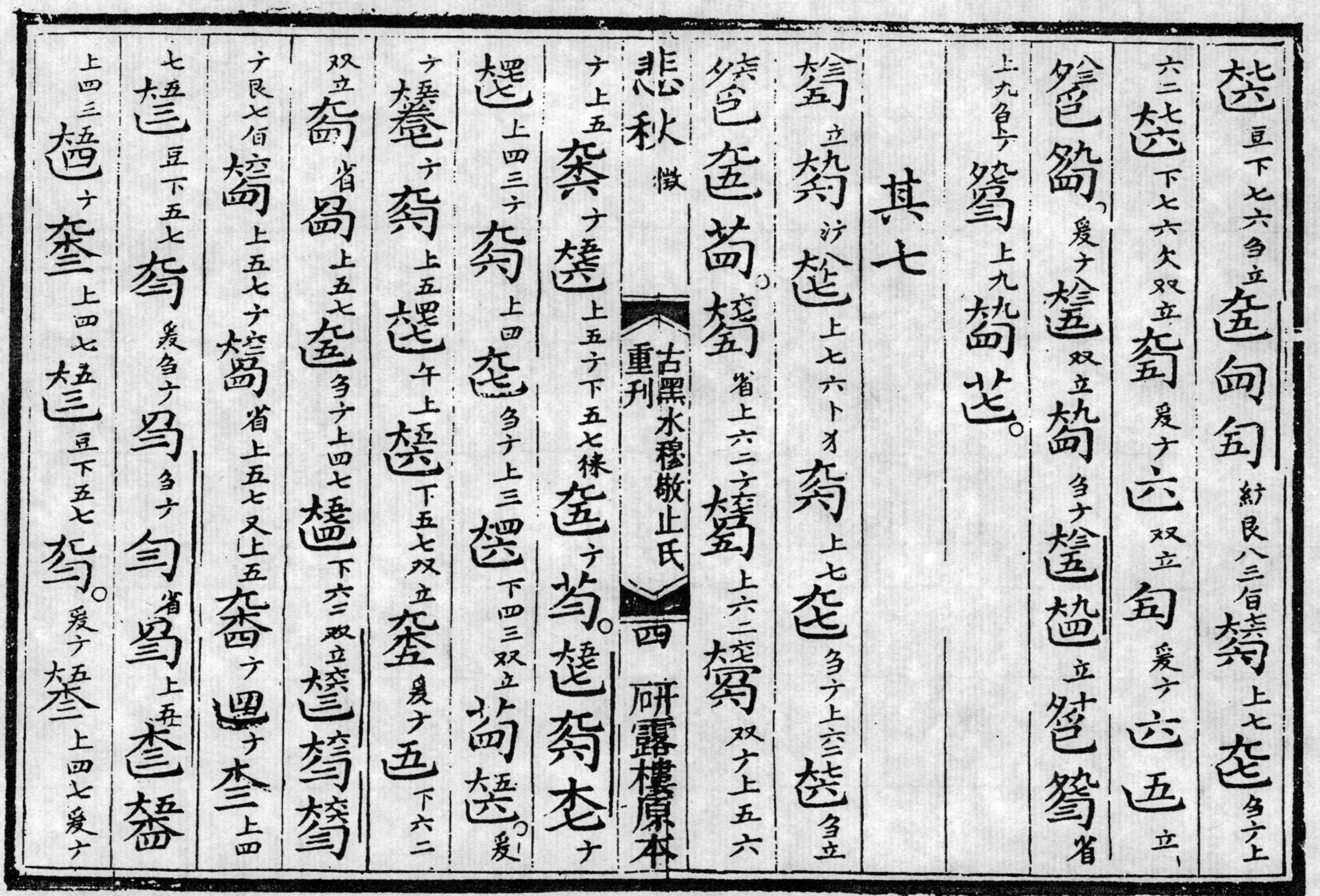
其七
悲秋 徵
古黑水穆敬止氏重刊
四
研露樓原本

其八

悲秋 徵

其九

古黑水穆敬止氏重刊

研露樓原本

[illegible]

其七

[illegible]

其八

[illegible]

其十

楚省篕爰佳巨ナ茍芒楚篙苟艮ナ上七六

㚘上七ナ篗豆省下八三立楚ナ篕上八双立茍芒篘

品上九茍芒篘立篘立上九茍省芒篘立篘

爰ナ篘省立篘ナ篘盇艮双ナ匀立篘省上九

九下九七多立篘茜篘上六三篘艮九七甶篙双ナ省上七

六楚ナ篕上七六下八三徕芶筐ナ奄豆匀立杢ナ

悲秋 㪚

古黑水穆敬止氏重刊
六一研露樓原本

篕奄篘篙上七六ナ又上七奄篘篙上六二ナ又

上五六㐌篗ナ上五七又上五篕六ナ下六二立㔾韭

十一

篕豆芶省立七ナ上四七奄省七杢田上篕爰ナ篕

上四ナ篕豆下四七芶ナ篕立篕爰ナ上四七篕下六二立篕

爰ナ上六三篕丌七六多双立芶省上七㐌多ナ篕省上七ナ篕

豆下八三芶爰ナ篕省双立芶爰ナ篕省双芶多三篕

悲秋

古黑水穆敬止氏重刊

研露樓原本

十二

悲秋 徵

十三

泛音

九ナ

省上九ナ下十立

下八三立

七ナ

上七六又上七ナ

卄四女一上六七

ナ上六七

省上七

ナ艮八三白

如前

十四

悲秋 徵

十五

悲秋 徵

十六

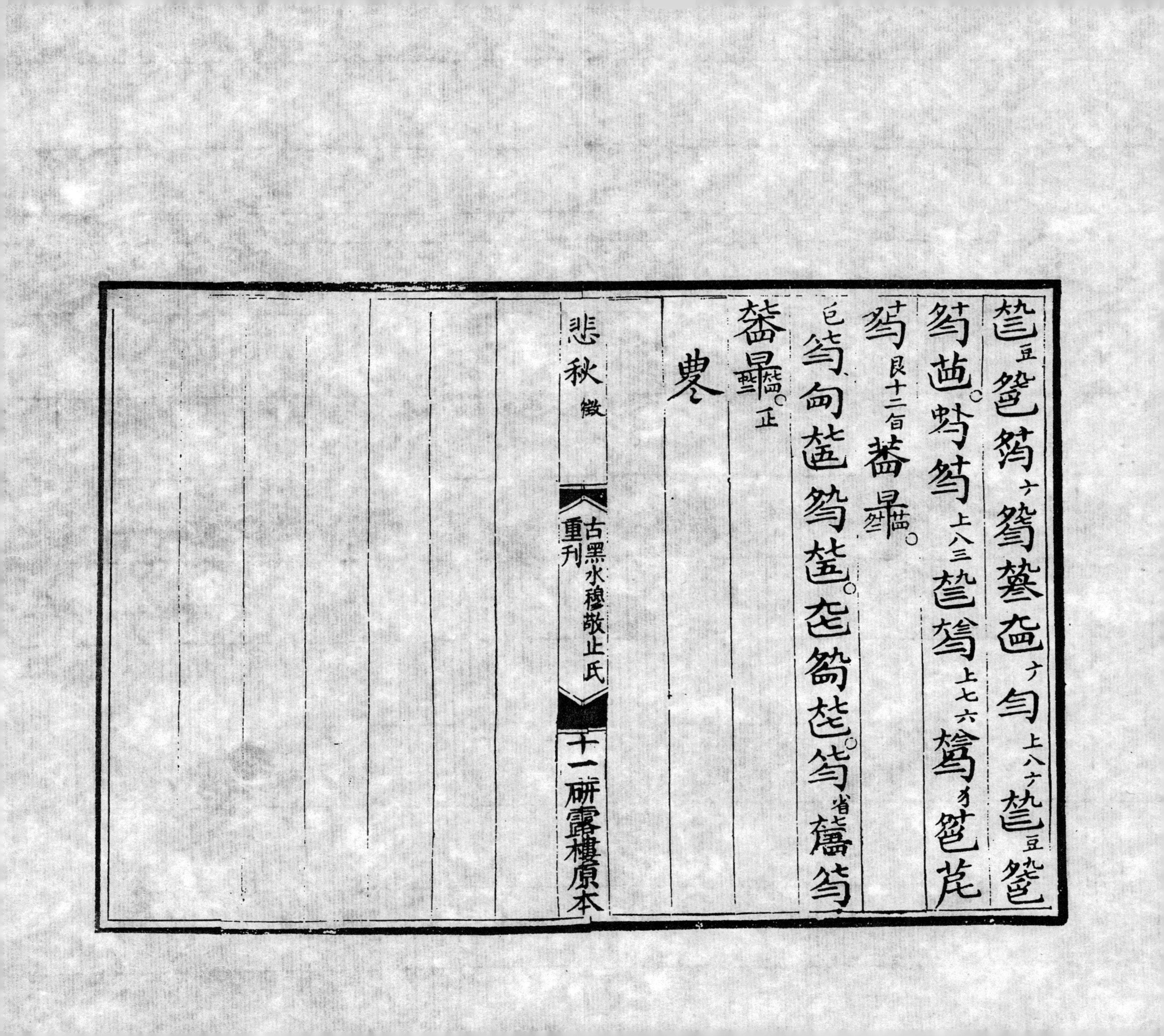

[illegible]

[illegible]

[illegible]

[illegible]

悲秋 徵

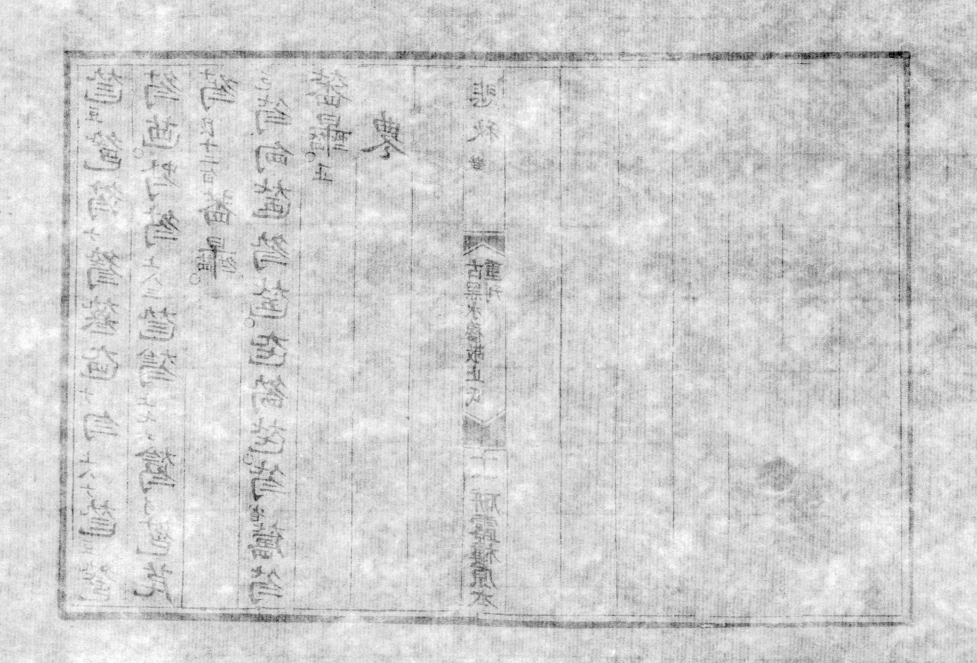

平沙落雁 凡五段

徵羽

其一

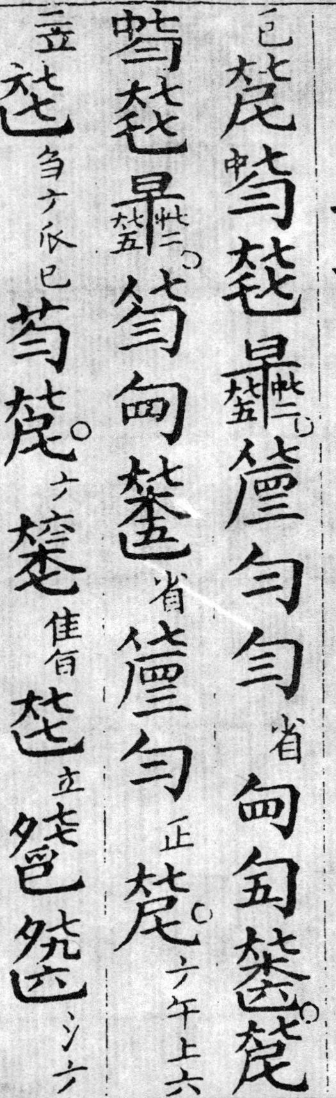

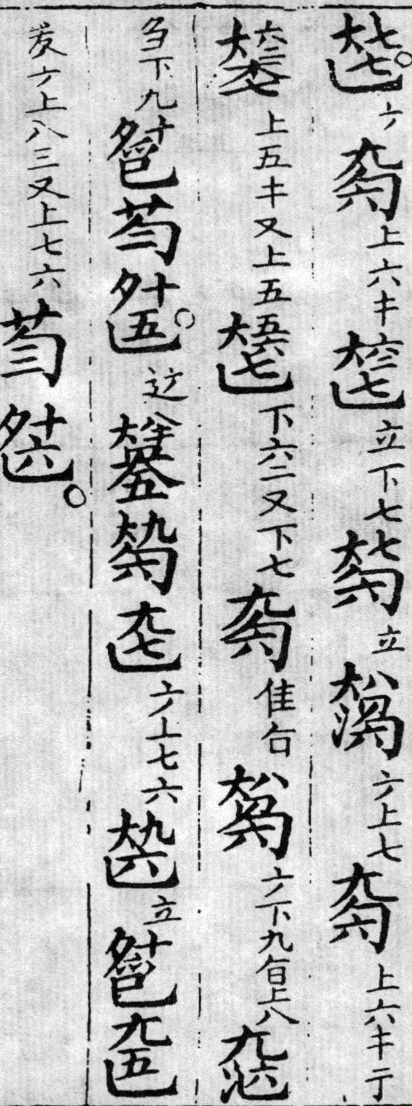

其二

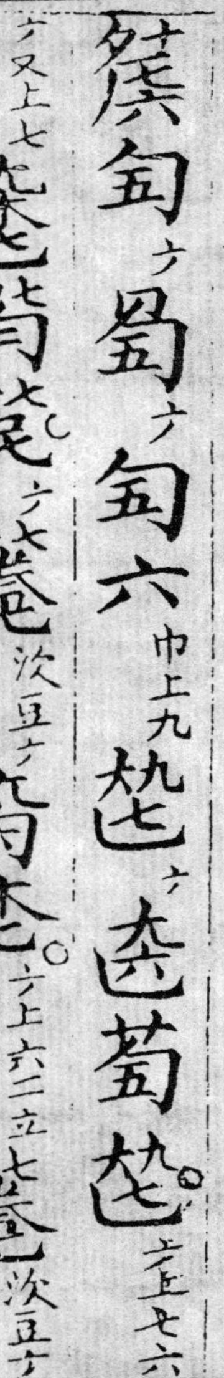

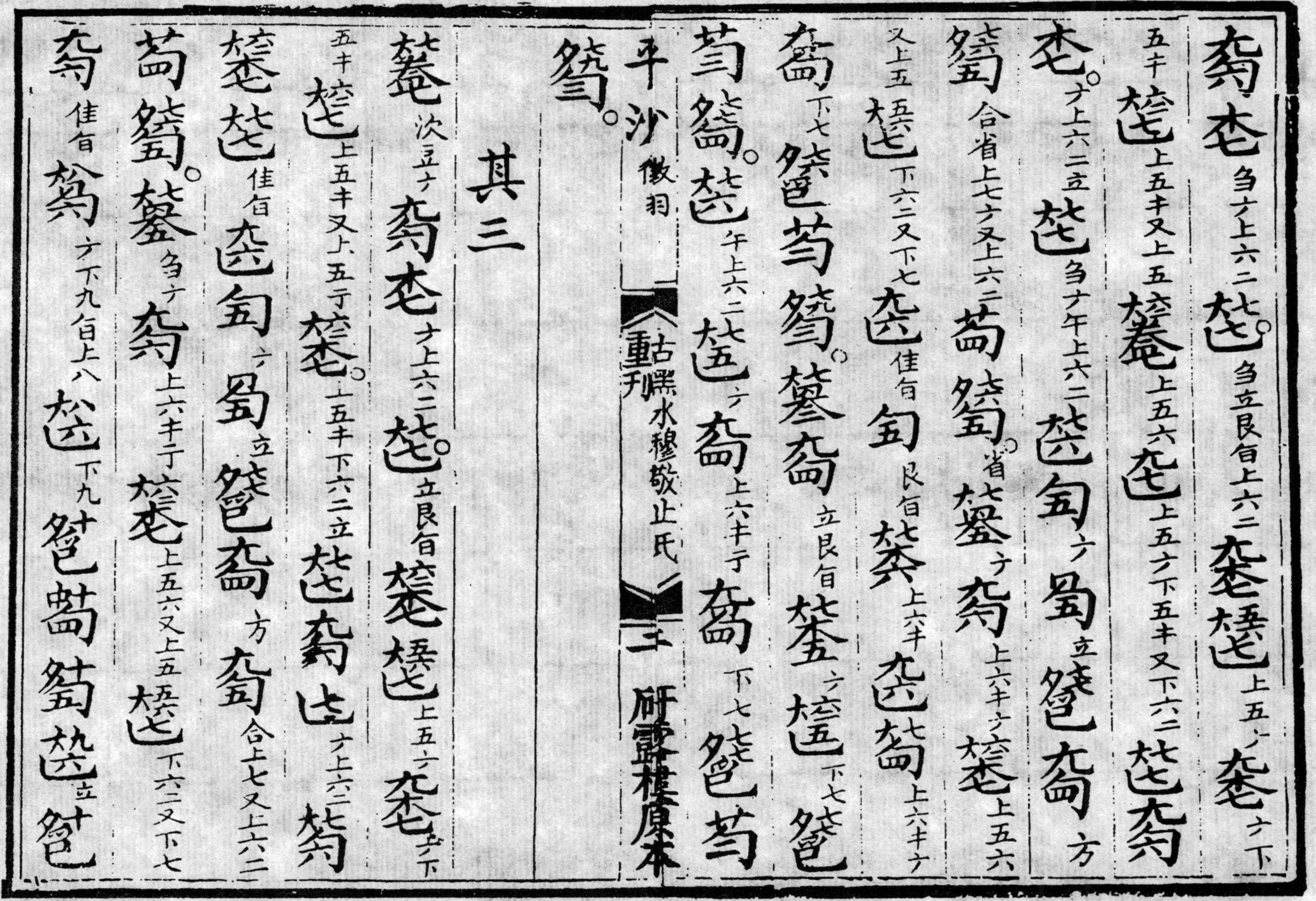

平沙 徵羽
其三
古懸水穆敬止氏點 重刊
斫露樓原本
三

[illegible] 勹ナ上六二 [illegible] 勹立艮旬上六二 [illegible] 上五ノ [illegible] ナ下
五キ [illegible] 上五キ又上五 [illegible] 上五六 [illegible] 上五ナ下五キ又下六二 [illegible]
[illegible] ナ上六二立 [illegible] 勹ナ午上六二 [illegible] ナ [illegible] 立 [illegible] 方
[illegible] 合省上七ナ又上六二 [illegible] 省 [illegible] ナ [illegible] 上六キナ [illegible] 上五六
又上五 [illegible] 下六二又下七 [illegible] 佳旬 [illegible] 艮旬 [illegible] 上六キ [illegible] 上六キナ
[illegible] 下七 [illegible] 立艮旬 [illegible] ナ [illegible] 下七 [illegible]
[illegible] 午上六二 [illegible] ナ [illegible] 上六キ丁 [illegible] 下七 [illegible]
[illegible]
《黏睡水穆敬止氏〈重刊〉》 三 研露樓原本
[illegible] 次豆ナ [illegible] ナ上六二 [illegible] 立艮旬 [illegible] 上五ナ [illegible] ナ下
五キ [illegible] 上五キ又上五丁 [illegible] 上五キ下六二立 [illegible] ナ上六二 [illegible]
[illegible] 佳旬 [illegible] ナ [illegible] 立 [illegible] 方 [illegible] 合上七又上六二
[illegible] 勹ナ [illegible] 上六キ丁 [illegible] 上五六又上五 [illegible] 下六二又下七
[illegible] 佳旬 [illegible] ナ下九旬上八 [illegible] 下九 [illegible] 立 [illegible]

其三

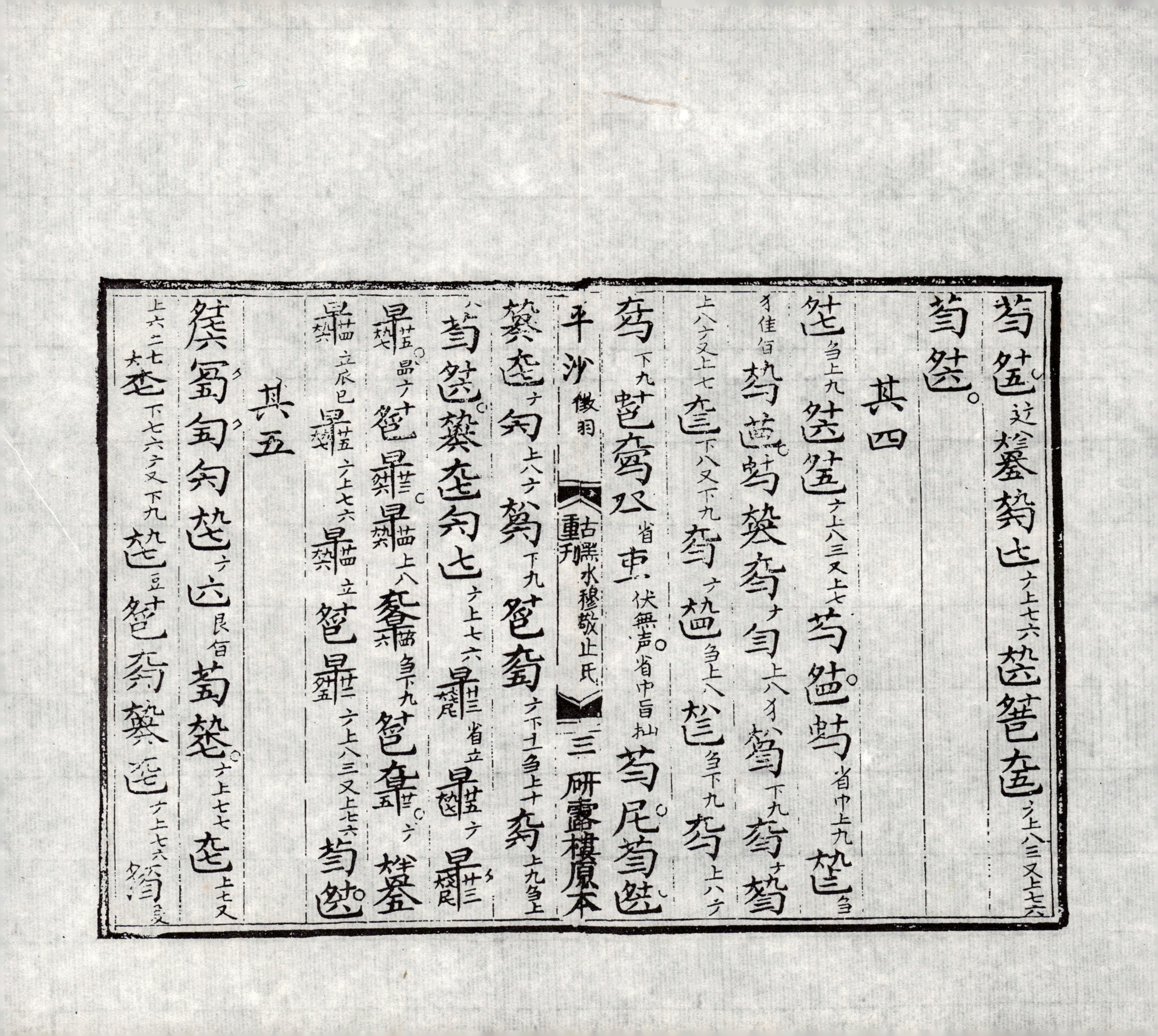

古瞟水穆敬止氏重刊

其四

其五

十上七六　上八三又上七六
多上九　十上八三又上七　省中上九　多
夕住白　上八　夕八　下九　十
上八十又上七　下八又下九　十　多上八　多下九　上八十
下九　省　伏無声　省中旨扯
平沙　傚羽
古㴋水穆敬止氏重刊
研露樓原本
十　上八十　下九　十下十多上十　上九多上
八十　十上七六　省立　十
品十八　上八　多下九　十
立辰巳　十上七六　立　十上八三又上七六
良白　十上七七　上七又
上六二七　下七六十又下九　九豆　十上七六

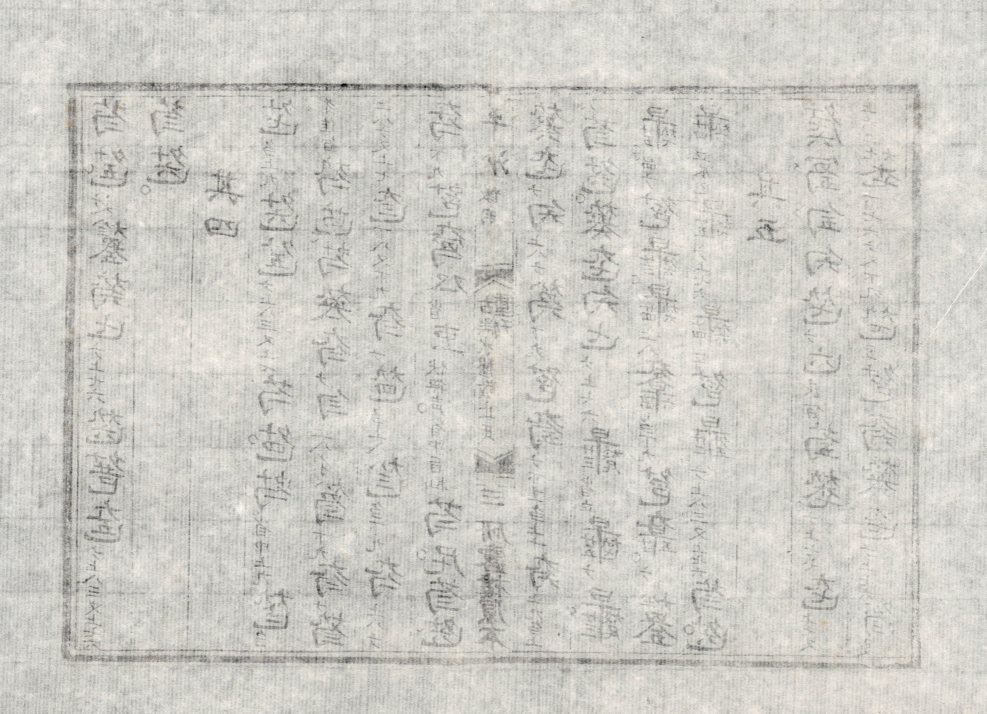

十九[illegible]十[illegible]上八十[illegible]下九立[illegible]

[illegible]省上九十又上七七[illegible]

[illegible]正

[illegible]

古歙水繆敬止氏重刊

研露樓原本